探していたのは
どこにでもある
小さな　一つの言葉だった

若松英輔
西淑・画

AKISHOBO

探していたのはどこにでもある小さな一つの言葉だった

もくじ

この本の用い方――はじめに

この随想集は必ずしも、最初から読む必要はありません。むしろ、そうしない方がよいようにも感じています。

収められた作品は、姉妹篇ともいうべき『自分の人生に出会うために必要ないくつかのこと』と同様、ある新聞に連載されたものがほとんど、その順序のままに収録されています。

一冊にまとめるに際し、「はたらく」「書く」「学ぶ」などいくつかの主題によってまとまりを作ることも検討したのですが、そうしてしまうと読み手の自由と流れのようなものが失われていくのに気が付いたのです。

作者にとってよいと思われる姿が、読者にとって、もっとも親しいものになるとは限りません。

この本に限定されることではありませんが、書かれたものが読まれることによっていのちを帯びるのだとしたら、読む側の主体性は大変重要な条件になります。つまり、読む人が直面している問題、あるいは永年向き合っている問いなどにしたがって読みすすめていく。そこに大きな可能性が開かれるように思われるのです。

どの作品を選ぶか、きっかけはさまざまです。取り上げられている本や人の名前、作品のモチーフなど、まず自分と強く響き合う作品を一つ、見つけていただければと思うのです。そこがあなたのこの本における「最初の」ページになるはずです。最初のページを開くことができれば、次の作品を見つけるのにさほど大きな労力はいらないと思います。また、目次にもどり、次に読む作品を見つける。そうして読みすすめていくこともできるのではないでしょうか。

もう一つ、お願いしたいのは、この本は「読む」だけでなく、ぜひ、「用いて」

いただきたいということなのです。

「読む」のが速い人は、一晩でこの本を読み終えるでしょう。しかし、もしも、長く「用いて」くだされば、今日だけでなく、明日、あるいは一月後、あるいは一年後の皆さんとも関係をつむぐことができます。

本を机やベッドの近くにおきながら毎日、一篇の作品を読む。一つの作品を幾度か読む。そんなふうにゆっくりおつき合いいただければと願っているのです。

皆さんにとってこの本が、簡単には「読み終わらない本」になることを密かに希(こいねが)って、世に送り出したいと思います。

新美南吉

1 失われた物語性を求めて

人の話を聞く、あるいは文章を読み、楽しいと思う。そのいっぽうで心打たれたと感じることもある。二つが同時に起こる場合もあり、そうした経験は時を忘れる。あるときまでは楽しいことが重要で、楽しくないことはつまらないことだった。年齢を重ねたせいなのか、かつてのように楽しくなくてもつまらないとは感じなくなった。心打たれる経験が増えたからである。

心打たれるとき、心中で、耳には聞こえない小さな音がする。何かが動き、響く。本居宣長（もとおりのりなが）は「感く」と書いて「うごく」と読んでいる。この場合、うごくといっても体ではなく心、それも心の深部がうごくことを指すのだろう。ある出来事にふれ、心が動かされた、と口にすることもある。感動とは、心と身体ともに、それも深く「うごく」出来事なのではないだろうか。

若いときは、楽しみと感動は質を異（こと）にする経験だった。しかし、最近は極めて近しいものになっている。別ないい方をすれば、心を打たないものには楽しみも感じにくくなっている。

「ごん狐（ぎつね）」や「手袋を買いに」で知られる新美南吉という童話作家がいる。一九一三年に生まれ、四三年、三十歳になる前にこの世をあとにした。今年（二〇二三年）は生誕百十年、没後八十年にあたる。彼に「童話における物語性の喪失」という情熱的な論考がある。そこで彼は、いつの間にか童話から物語性が失われてしまった。

どうしてもよみがえらせなくてはならない、という。

かつて文学は、人と「物」との協同によって生まれていた。しかし、いつからか「物」はどこかに追いやられてしまった。小説はずいぶん前に物語であることを止めた。最後の砦だった童話の世界からも物語の痕跡は消えつつある。物語性を失った話は単なる「作り話」に過ぎない。現代文学はいつしか、「物語」ではなく「作り話」にその座を譲ったと新美は指摘する。

「物」という文字を古語辞典で調べると、物体、物事、人、という常識的な意味のあとに超越的存在という言葉が続く。「物語」とは、人間以上のはたらきの介入によって生まれる言葉にほかならない。

昔からよい作品は霊感によって生まれるといわれている。霊感は、また『閃く』という述語をいつも従えている。して見るとそれは稲妻のようなもの、我々のままにならぬものなのである。

「作品」は作者の思いの「ままにならぬもの」である、それが新美南吉の書き手としての実感だった。こうした現場で「ごん狐」、「手袋を買いに」、そして「でんでんむしのかなしみ」といった作品も生まれたのだった。

新美南吉は文学者だから、ことをいたずらに大きくしないが「物」は文学の世界だけでなく、さまざまな場所から追い出されつつある。芸術、宗教、哲学、科学、さらには実業の世界でも、歴史のあるところには必ず物語があった。どんなに巧妙に考えても人間の知識では太刀打ちできないような堅固な物語が存在した。プラトンの哲学、『新約聖書』の「福音書」がそうであるように哲学も宗教も物語から生まれてきたのである。

フランスの小説家フランソワ・モーリアックが「小説家と作中人物」と題する一文で、創作をめぐって興味深い言葉を残している。小説家の計画通りに動く主人公、あるいはその作品は、じつによく思うように進むが、けっして生きたものにはならない。

「これに反して、私が何らの重要性も置いていなかったある別の副次的な人物は、自ら舞台の前面にのり出して、私が彼を招きもしなかった席を占め、思いがけぬ方向に私を引っ張っていく」（川口篤訳）ことがある。ここに「物語」が生まれる、というのである。

作家にとって重要なのは、作意を練ることではなく、自分のなかに「物」が動き始める余白の場所を生み出すことだというのだろう。

作り話は、書き手の作意があれば、いくらでも作ることができる。複数の人間がアイディアを持ち寄ることもできるだろう。だが、どんなによい着想があっても、「物」が語らなければ物語はけっして生まれない。

この一文を書いていたら書棚にある小説家の佐多稲子の『年譜の行間』という著作の背表紙が目に入った。「物語」は、年譜の上ではなく、「年譜の行間」にこそ宿るのではあるまいか。行間も生まれないほどに詳しく記された年譜に人生を語らせようとするとき人は、「物語」が発する無音の声を、自ら封じているのかもしれないのである。

永瀬清子「第三の眼」

2 老いて増す能力

絵を前に、初めて心を揺さぶられたのは高校生のときだった。感動しただけではない。心の深部にあって傷ついていた場所が、慰めを経験してもいた。

そう感じたのは、父の出張についていき、倉敷の大原美術館に行ったときのことだった。父は息子に精神的自立を強くいう人だった。彼は七歳のときに父を失い、その後、母との生活で苦労をしなくてはならなかった。さまざまな意味で、人は思うようには生きられないという現実を彼は肌身で知っていたのである。

自立しろとあまりにうるさくいうものだから、反発するようにアメリカへの留学を決めた。試験を受け、大きく経済的負担をかけない方法を探した。

現地に行ってみると試練の連続だった。ホストファミリーが私の受け入れを決めてから離婚し、「ファミリー」ではなくなったために、行き場所を失い、警察官の家に保護された。季節は冬で、小さな家には寝る場所もなく、暖炉の前の床で毛布にくるまって寝る日々が続き、一年の予定だったが早めに帰国することになった。

今から思えば、早く帰ってきて当然なのだが、当時の私には自立という挑戦での敗北であり挫折以外の何ものでもなかった。そのうえ、挫折を認められず、内心の傷を無いものとして生活していた。父が母と三人で倉敷に行こうと誘ってくれたのはそんな時期だった。

美は、一つのちからである。計量できる力とは異なる、人のいのちに働きかけるちからである。消えそうないのちに息を吹き込み、人をよみがえらせることすらあるのだと、そのとき経験したのだった。

父が亡くなって十二年が過ぎた。生きていたときよりも、近くに感じるので、こうして文章にでもしなければ、歳月の積み重なりも忘れてしまうことがある。

晩年の父は、思いついたように電話をしてくることがしばしばあった。そうしたときに限って、こちらは多忙で応対が雑になる。電話の向こうで彼がいうことも、じつに月並みで、「からだに気を付けろ、無理をするな、誠実な仕事をしろ、雑誌に載った文章を読んだ」の繰り返しだった。

心配してくれる気持ちが分かりながら、ありがとうのひと言が口から出ず、彼の声を聞きながら、そんなことで電話してこないでほしいと思ったりもした。

だが今は、彼がいってくれた言葉を一つ一つ嚙（か）みしめながら、部屋でひとり見えない父に向かってこうつぶやいている。

「まったくそのとおりだ。いろんなことに遭遇するけど、いってくれたことだけを大事にしていればそれでいいことが、やっと分かったよ」
父は仕事の人だったから、仕事中に電話すれば、嫌われることくらい分かってい
た。それでも語ることを止めなかったのは、私が父の言葉を聞き流し、仕事をする
ことで心が傷ついている自分と向き合うのを避けているのが、はっきり分かってい
たからだった。
亡くなったのは、私の妻が亡くなった翌年のことだった。父には弱いところを見
せまいとしていたのかもしれない。強く意志していたわけではないが、そう行動し
ていた。強がらなくていい。苦しいときは苦しいといっていい。父はそう語りたか
ったのかもしれないが、父の方からもそんな言葉は出てこなかった。
真摯なおもいから発せられた言葉は、たとえ出会ったときにその真意が分からな
くても心の片隅に置いておくのがよい。人生は、本当の意味で受け取るのに時間を
要する言葉との、邂逅（かいこう）の連続でもある。できるならば、心の中にそうした言葉を並
べて置く、見えない整理棚を準備できるとよい。

受け取る方が未熟だと、言葉が放つ光を見失う場合も少なくない。機が熟してこちらの目の奥にある眼が開かれさえすれば、光は身体を貫いて、魂と呼ばれる場所すら照らしていることに気が付くのは難しいことではない。詩人の永瀬清子の「第三の眼」という作品にはこんな一節がある。

老とはきつと
心をゆりさますふしぎな第三の眼が
額の上にきざまれることだ。
そこから射す光線は
帽子のダイヤをまわすように
物体のかげに時間のせせらぎをみせるのだ。

「帽子のダイヤ」はメーテルリンクの『青い鳥』に出てくる次元旅行を実現する

「ダイヤ」なのだろう。肉眼の能力は老いによって衰える。しかし、美や言葉の奥に隠された叡知(えいち)を感じるちからは、いっそう確かになる、というのである。

岡倉天心『茶の本』

3 花について

大切な人に贈り物をするのは簡単ではない。ひとりよがりでもいけないし、相手に負担になってもいけない。ただ、あるときから強く感じるようになったのは、受け取ることにおけるむずかしさである。品物を受け取るのはむずかしくない。問題は、品物を包んでいる見えないおもいを感受するところにある。

岡倉天心に『茶の本』という著作がある。天心は、生前に三冊の著作を世に送ったのだが、すべて英語で書かれている。この本の書名もThe Book of Teaという。日本語にすると『茶の本』という穏やかなものだが、海外の読者には、少し違った印象を与えたかもしれない。“The Book”と通常いうときは聖書を意味し、The Book of Teaにも単なる茶に関する本を超えた語感がある。天心は英語に深く通じていた。第二の母国語といってよいほどだった。彼は書名をA Book of Teaとすることもできたのである。

『茶経』という中国の古典があり、天心もこの本で言及しつつ、「茶の聖典」と呼んでいるが、The Book of Teaという素朴な書名の背後には、新しい『茶経』を世界に送り出したいという悲願とも自負ともいうべき心情があったように思われる。

『茶の本』は不思議な魅力を備えた本である。その第一章は、茶の起源を語りつつ、透徹した非戦論が展開される。西洋はかつて東洋を野蛮な国だと語っていたが、日本が軍事力に訴えるようになったら「文明国」と呼ぶようになった、と述べ、こう続けている。

もしわれわれが文明国たるためには、血なまぐさい戦争の名誉によらなければならないとするならば、むしろいつまでも野蛮国に甘んじよう。われわれはわが芸術および理想に対して、しかるべき尊敬が払われる時期が来るのを喜んで待とう。

（村岡博訳）

天心の思想はまったく古びていない。それどころか、芸術と理想が軽んじられ、再び貧しい「文明国」になろうとする日本に生きる私たちが、今まさに読み返してよい現代の古典である。

もう一つの魅力であり、私にとってもっとも印象的なのは、茶に関する記述よりも花をめぐって語られる言葉の数々である。天心は、花に一章を割いている。ここで語られる花は、植物であるより、愛と美と祈りの象徴なのである。

花を贈ることにふれ、天心は「原始時代の人はその恋人に初めて花輪をささげると、それによって獣性を脱した。彼はこうして、粗野な自然の必要を超越して人間らしくなった。彼が不必要な物の微妙な用途を認めた時、彼は芸術の国に入った」と書く。

ここでいう「物の微妙な用途」こそ、贈り物の本質なのではないだろうか。天心はsubtleの語を当てているが、訳語の選択も的を射ている。もともとは仏教の言葉で「微妙（みみょう）」と読む。それは目には見えず、手にふれることも、言葉にあえて言い表わすこともできない微（かす）かな、妙（たえ）なるものを指す。人は不可視な、微妙な何ものかを送り届けるために物を贈る。そして、微妙なるものにのみ、高次な愛が宿るのではあるまいか。

恋愛は確かに愛の一つの在り方である。だが、唯一ではない。友愛も慈愛もまた、愛である。現代では否定されがちだが、自己を愛することもまた、失われてはならない愛の姿である。己れもまた、愛むべきものであることを私たちは一輪の花を前に想い出してよいのではないだろうか。天心はさらに、次のような美しい言葉を残している。

病める人の枕べに非常な慰安をもたらし、疲れた人々の闇の世界に喜悦の光をもたらすものではないか。その澄みきった淡い色は、ちょうど美しい子供をしみじみながめていると失われた希望が思い起こされるように、失われようとしている宇宙に対する信念を回復してくれる。われらが土に葬られる時、われらの墓辺を、悲しみに沈んで低徊するものは花である。

天心は人間が宇宙旅行できる時代には生きていない。現代人が天心たちよりも宇宙について詳しく知っていると判断するのは早計である。ここで彼がいう「宇宙」とは、天上に向かってどこまでも拡がる物理的空間を意味するだけでなく、内なる世界、個々人のなかに生きている内なる宇宙をも意味している。

「失われようとしている宇宙に対する信念」とは、自己への信頼にほかならない。真の意味での自信とは、誰かと自分を比べるところにではなく、こうした経験のうちに花開くのではないだろうか。

井筒俊彦とボルヘス

4 読書家・購書家・蔵書家

没後だったが、哲学者の井筒俊彦の家に何度か行ったことがある。彼の全集を編むにあたって蔵書や草稿を調査するためだった。調査といっても慌ただしいものでなく、関心のある文献のなかに井筒俊彦の思索の痕跡を追い、彼の思想の地下水脈のようなものを探りあてるのが仕事だった。

著作ではふれられていなくても、この人物の思想とは「対決」したことがあるのではないかという、ある種の勘をたよりにしながら調査を進める。すべてが当たるわけではないが、書き込みの多い本を見つけるとやはり熱く読んでいたのかと納得することは幾度もあった。

たとえば、若き日の代表作『神秘哲学』の言葉の用い方を見ると、民藝運動の指導者というより宗教哲学者としての若き柳宗悦（やなぎむねよし）の影響は明らかだったが、書棚に大正時代に刊行された柳の本が大切そうに置かれているのを見たとき、蔵書が扉になってもう一つの世界とつながった気がした。

読書、購書、蔵書という営みは深く関係しているが、必ずしも同時に起こるわけではない。ほとんど本を持たない優れた読書家を知っている。その人物は、本棚から本があふれそうになると厳選し直し、手放すという。十六歳までの私がそうだったように家に本があるから読書家になるとは限らない。

購書家という言葉は辞書にはないかもしれないが、本の世界にはこう呼ばずにはいられない人物はいる。本を読むのも好きだが、それを購(あがな)うことに情熱を燃やす人たちである。アルゼンチンの作家ボルヘスもそうした人間の一人だった。

七十歳になろうとする彼がアメリカのハーヴァード大学で行った連続講義が『詩という仕事について』(鼓直訳)と題する本にまとめられている。そこで彼は、自宅にある多くの本をながめているとすべてを読むことなく死を迎えるだろう、と感じつつも「それでも私は、新しい本を買うという誘惑に勝てません」と語り、こう続けている。

本屋に入って、趣味の一つ——例えば、古英語もしくは古代スカンジナビア語の詩——に関わりのある本を見つけると、私は自分に言い聞かせます。「残念! あの本を買うわけにはいかんぞ。すでに一冊、家にあるからな」。

家に同じ本があるのにさらに買いたいなど理解できない、という人がいても驚かないが、同じ本を持っていても何かの縁で目の前に現れた本の横を簡単に通り過ぎることなどできない、という心情もまた、購書家たちの真実なのである。

蔵書家というべき人たちもいる。購書家は、買うことに関心があるのだが、それを整理し、蔵書と称すべき状態にしているとは限らない。蔵書家は、その名の通り買い集めた本に、ある秩序を与えている。必ずしも体系があるとはいえない。しかし、そこには何らかの意味での物語がある。ボルヘスは、秀逸な読書家だった。そして、無類の購書家であり、蔵書家でもあった。

同じ本でボルヘスはアメリカの思想家エマソンが語ったことだと断りながら「図書館は、死者らで満ちあふれた魔の洞窟である」と述べている。ここでいう「魔」は恐ろしいものを意味するのではなく、「畏(おそ)れるべき」ものであり、抗いがたい魅力を備えた何ものかである。井筒俊彦はそうした対象をしばしば「蠱惑(こわく)的」という言葉で表現した。

ボルヘスにとって「読む」とは「魔の洞窟」の扉を開ける行為にほかならなかっ

た。そして本の中で眠る「死者」たちを新生させる営みだった。彼は「これらの死者は甦ることが可能なのです。われわれがページを開くと、生命を回復することが可能なのです」と語る。

本は確かに、外見上は「モノ」に過ぎない。しかし、それが人の手に取られ、読まれるとき、いのちを宿した「物」、すなわち「書物」になる。日本語を母国語にしないボルヘスも同質のことをいっているのが興味深い。

書物は、物理的なモノであふれた世界における、やはり物理的なモノです。生命なき記号の集合体なのです。ところがそこへ、まともな読み手が現われる。すると言葉たち――言葉たち自体は単なる記号ですから、むしろ、それら言葉の陰に潜んでいた詩――は息を吹き返して、われわれは世界の甦りに立ち会うことになるわけです。

「読む」とは単に書き手の言葉の意味を受け取ることではない。むしろ、「モノ」として凍っていた意味を溶かし出し、よみがえらせる営みにほかならないというのである。

池田晶子の教え

5 伝統と因習について

目の前に一冊の本があるとする。複数の人がそれを目にしても、見た目はほとんど同じに映る。だが、ページをめくるとそこには、まったく違った光景が浮かび上がってくる。ある人は文字の連なりを見るだけかもしれないが、ある人はそこに別世界への扉を見出すかもしれない。長年探してきた生きる意味の片鱗(へんりん)を発見する人もいるだろう。ある内実を秘めた本は魔法の箱のように働く。手にする人によってその働きを変じるのである。

本を読む人が少なくなっている。かつて読書は娯楽であると同時に自己探究の道標でもあった。読書は時空の差異を超え、よき対話の相手を見出そうとする営みだった。

昨今は、本以外にもその役割を担ってくれるものが存在する。だが、インターネットやスマートフォンが無かったとしても、やはり読書離れは進んだのではないだろうか。読書にまつわる因習が、人々を読書から遠ざけたように思われるのである。正しく読まねばならない。全部読まねばならない。教養として読んでおかなくてはならない。こうしたことが読書の因習である。

因習とは、囚（とら）われの習慣である。因習は人を縛り、自由を奪い、感性を画一化する。どこかで手放した方がよいと感じるいっぽうで、因習はなかなか姿を消さない。因習は何とももっともらしい。つまり表面的には正しいことのように映る。

因習と伝統は似て非なるものである。過去から受け継がれてきた点は似ているが、本源的な性質を異にする。因習は人を縛るのに対して、伝統はその人をその人自身に近づけ、自由にする。伝統を表層的に受け継ぐことはできない。その本質を認識できない者は伝統の継承者にはなれない。

文字はじっと眺めていると思わぬことを教えてくれる。「統」を伝えるのが伝統である。「統」という文字は「糸」と「充」から成っている。ここでの「糸」は織物における経糸、すなわち基軸となるもの、それが充ちている状態が伝統である。経糸が無ければ緯糸で模様を描き出すこともできない。

宗教の歴史を見ていると、伝統と深くつながりつつ、次の時代を切り拓いた人物が異端者として断罪されることがある。後世の人はそうした先駆者を敬意をもって正統なる異端者と呼ぶことすらある。

現代人は何を読むべきかを必死になって考えている。あるいは、どう読むべきかという方法論も関心を集める。そして、多くの情報を持つ人を重んじる。しかし、読むとは何かという根源的な意味を問うことに慣れていない。多量の知識を顧みずに、素朴な叡知を深く生きようとする人たちを、見過ごしている。

多くの知識は深い叡知を約束しない。この現実は「読むこと」を「食べること」に置き換えてみるとよく分かる。食べるとは空腹を満たすことであると信じ、好きなもの、口当たりのよいものだけを多く食べ続けたとしたら、数年後、私たちの身体はどうなるだろう。結果は想像に難くない。

「食べる」ということが、今日の、明日の、あるいは十年後の自分を作る営みであることを理解している人は、好きなものばかりに偏った生活はしない。加齢をはじめとした状況の変化をどこかで感じ取りながら食生活を整えていく。良薬、口に苦しという諺（ことわざ）に従うこともあるだろう。

人はたいてい一日三度食事をする。本を読まない日があっても、まったく食事をしない日はほとんどない。そうした生活のなかで私たちは経験的に、「食べる」という営みの本質の認識を深めているのである。

何を読むべきかと悩む前に読むとは何かを考える。どう生きるべきかと悩む前に私たちは、生きるとは何かを考えなくてはならない。このことを教えてくれたのは哲学者の池田晶子だった。

「わからないこと」を悩むことはできない。「わからないこと」は考えられるべきである。ところで、「人生いかに生くべきか」と悩んでいるあなた、あなたは人生の何をわかっていると思って悩んでいるのですか。

（『残酷人生論』）

彼女にとって「悩む」とは頭を懸命に働かせることだった。いっぽう「考える」とは全身で生きてみることだった。哲学とは「悩む」を「考える」に変じる道だった。

今は亡きこの哲人は「読む」ことをめぐってこんな言葉を残している。「読むとは絶句の息遣いに耳を澄ますことである」(『リマーク 1997-2007』)。この一言は私の読書への態度を根本から変えた。

金子大栄「対応の世界」

6 話す・書く・聞く

「話す」ことと「書く」ことの相性がよくないと感じ始めたのは、講演の依頼がある頻度で来るようになった頃だった。

当時は、講演といっても多くの場合は、自分の本や取り組んでいる問題に関することだったから、場所は圧倒的に書店が多かった。毎週と言いたくなる頻度で、日本各地から韓国にまで出向いて話をしている時期もあった。

下戸だから講演が終わればまっすぐ家か宿泊先に戻る。原稿を書こうと机に向かうがうまくいかない。気が乗らないというより、書くという心身の状態にならない。深夜になり、寝ないと明日に差し支えるような時間になるとようやく書くことが始動する。じつは今日もそんな一日で、原稿を書いている今は朝の五時、話を終えて宿に戻ったのが昨夜の十時だった。

話すことも書くことも、他者に開かれていく点では一致している。しかし方向がまったく違う。話すとは、外方的に他者に開かれていくことだが、書くとは内方に向かって開かれることによって他者とつながろうとする営みなのである。

二時間話をすることは、部屋から出て二時間分の距離を歩くのに似ている。いっぽう書くとは、部屋にいて自分とのつながりを確かめながら、ゆっくりと垂直線を描くように内界の深みに降りていくことから始まる。

当然ながら二時間分の離れた場所に行けば、戻ってくるだけで二時間かかる。そして心身を落ち着けて、書くために全身を内方に向け始める。私の場合、降下の途中では誰かに読んでもらえるような文章は書けない。自分の部屋に机があるように内なる世界にも机があって、そこに据えられた椅子に座らないと書くという行為が始動しない。

今でこそ、このように整理して語ることもできるが、「話す」と「書く」の関係と仕組みが分かるまでは困惑した。時間はある。しかしそれはいわば「使えない時間」なのである。

使えない、といってもそれは「書く」ことに適していないだけで、ほかのことはできる。執筆に関することでいえば「直す」ことには問題がない。

「直す」ことと「書く」ことは、心のありようにおいて似て非なるものである。前者は意識が優位であるのに対し、後者は無意識が優位になる。講演などで「話す」ときも意識が優位になっている。

つまり、「話す」ことから「書く」ことへと移行するあいだに行われているのは、意識と無意識の均衡を整えることなのである。ただ、ここでいう無意識は、茫漠とした心のありようではない。創造的無意識とでもいうべきもので、芸術家たちが創作において働かせているのもこの無意識である。無意識という言葉に抵抗があるなら創造的想像力といってもよい。

じつはビジネスの世界においても創造的想像力は重要なはたらきを担っている。だが、残念なことのように思われるのだが、多くの人たちはこのちからを眠らせたまま文章を「直す」ような精神態度で、仕事における多くの時間を費やしている。効率の追求は必ずしも創造的な何かを生まない。しかし創造的な営みは、いたずらな効率の追求ではけっして達成しえない価値と意味を生むことがある。

「話す」ことは意識的行為であるが、「聞く」ことは必ずしもそうではない。人の話を深いところで受け止めるとき、「聞く」という行為のなかでも創造的想像力が働き始める。

浄土真宗の僧で金子大栄という人物がいる。彼は宗内で大きな影響力をもったが自宗に留まらない視座で仏教を語れる稀有な仏教学者でもあった。この人物が、ある講演で「聞く」ことをめぐって印象深い言葉を残している。

話してみると、話した人間よりも聞いた人間の方がもっとわかるということがあるんです。またそうでなければね、話というのは意味がないんでしょう。そういうことも多いようであります。

（「対応の世界」『金子大榮集 下』）

「話す」、それは宗教者である金子にとって最重要の現場だった。言葉を発した方よりも受け止める方に深い認識が起こる。これが実現できたとき、真に「話す」という営みが成就したといえる、というのである。

同質のことは「書く」と「読む」のあいだでも起こっている。むしろ、起こらねばならない。読書とは、書き手の思いを理解することに留まらない。書き手がたどり着いた、その奥にあるものを見つめるところに始まる営みなのである。

小林秀雄・論語・坂村真民

7 信念について

知ろうとしても知り得ないものに、いくたびも出会ってきたからだろうか、信じるということが、探究すべき大切なことと感じられるようになった。

小林秀雄に「信ずることと知ること」という講演録がある。小林の講演のなかでも、もっとも充実したものの一つだといってよい。この講演は「信ずることと考えること」という題下で行われたこともあり、音源も残っている。音源が発売されたのは高校生のころだった。何度聞いたか分からない。

ここで小林は、知るというのは世の人と同じように知解することだが、信じるとは、自己においてその行為の責任をとることである、という主旨のことを語っていた。小林の言葉が正しければ、信じるということと乖離（かいり）した、知っているだけのことを語るとき、人は、そのことにおける責任をゆるやかに回避しようとしているのかもしれない。

これまで私は、さまざまな仕事に就いてきた。育児用品、介護用品のメーカーに十余年勤務し、企業内ベンチャーも経験した。自分で起業もし、あるときから文章を書き、人前で話すようになり、ある時期は大学の教師でもあった。

どの世界にも知の言葉でしか話さない人はいた。むしろ、知の領域で事を収めることに必死であるといった方がよいかもしれない。知の世界のことは、自分でなくても誰かがやればよいということを前提にしている。問題を指摘しながら自分が有能であることは表現するが、そこにかかわるつもりはない、という思いが言葉の端々（はしばし）から感じられた。

知は重要である。知の力がなければ分からないことは世に多くある。しかし、信のちからがなければ人も事態も動かない、というのも事実なのである。

「つくる」という文字にはいくつかの漢字が当てられている。「作る」、「造る」、そして「創る」である。自己弁護をするだけの文章を「作文」と呼ぶことがある。心ここにあらずの仕事を「作業」になっているということもある。詩歌の世界で「作意」が感じられるというのはわざとらしいということの遠回しな表現である。「作」の領域は「知」だけでもどうにかやり過ごすことはできるのかもしれない。しかし「造」になると状況は変わってくる。造作、造林、醸造という言葉もある。「造」の世界は頭だけでなく、全身でそこに与（くみ）することが求められる。「創る」となると、信のちからを欠くことはできない。創作、創造、創建、創始、こうした言葉をながめているだけでも、この文字の奥にはいつも「信」が潜んでいるのが分かる。

「民は信なくんば立たず」という『論語』にある言葉は今も古くない。ここでの「民」には自分もまた、含まれているからである。

物事を知る。知識がどんなにたまってもその人が立ち上がることはないのかもしれない。しかし、信に火がやどれば、その人は気が付かないうちに立ち上がり、何かを樹(た)てるために動き始めているのではないだろうか。知ろうとすることはよい。しかし、知り過ぎることは人をむしろ、現実から遠ざけることもある。

「信」ということが重要になってきたのは、自分の信念というものがあやしいと感じられてきたからでもある。あることを信念に据え、生きて行きたい、そう多くの人が感じるだろう。しかし、私たちの人生は、信念との対決のなかにあり、その挫折のなかに営まれるのではないだろうか。

信念など不要だというのではない。ただ、真に信念と呼び得るのは、言葉によって人に披瀝(ひれき)できるようなものではないのではないか、と思うのである。

坂村真民(しんみん)という詩人に「念ずれば花ひらく」という作品がある。ここに描かれているのも言葉の世界の奥で営まれる信念の秘義である。この作品には次のような一節がある。

念ずれば
花ひらく
苦しいとき
母がいつも口にしていた
このことばを
わたしもいつのころからか
となえるようになった

(『詩集　念ずれば花ひらく』)

この詩人は詩壇と呼ばれるような場所とはまったく異なる場所で詩を書き続けて

きた。別なところで彼は、遊行僧だった一遍が、人々に「南無阿弥陀仏」と記された紙の札を手渡していったように人々に言葉を届けたいと思った、と述べている。こうしたところにも信の炎は燃えている。

鈴木大拙『無心ということ』

8 かなしみとは

理由は分からないが、ある時期からずっと一つの問題を考え続けている。考えるといってもそれで頭を悩ませるというのでなく、事あるごとにその問いに立ち戻ることを人生が求めてくる。そうした問いは多くの人にあるのではないか。

そのことをここでは根本問題と呼ぶことにする。根本問題との出会いは、その人の人生が新しい段階になったことを静かに告げ知らせているように思われる。根本問題というと絶対的な唯一の問いのように感じられるかもしれないが、そうとは限らない。生涯を通じた問いという場合もあるだろうが、人生のある時期において決定的な役割を担うということもある。

妻が亡くなったのは、四十二歳になる年だった。そこから十余年、私は「かなしみ」とは何かを考え続けている。むしろ、「かなしみ」とは何かを考えることによって生きてきたといってもよい。

思いをめぐらせても、必ずしも考えたことにはならないことはすぐに分かった。「考える」とは、その問いと向き合うことだが、思いに身を任せるだけでは感情に飲み込まれてしまう。考えるために行ったのが「書く」という営みだった。

かつては考えたことを文字にすることを「書く」だと漠然と感じていたが、根本問題との出会いを経てみると、様相はまったく変わった。考えを書くこともできるだろうが、現実は逆である。人は、書くことによって自分が何を考えているのかを認識する。

　思うように書くという表現はあるが、私の場合、あまりなじまない。書いていくうちにそこに何が宿っているのかをおぼろげながらに確かめていくのであって、計画通りに書けた例しがない。この原稿もそうなのだ。白い紙に向かうまでは「教える」とは何かをずっと考えていたのである。

　思ったように書くこともできるではないかという人もいるだろう。だが、ここで問い直してみたい「書く」という営みは少し性質が違う。「書く」ことは散らばった想念をかき集め、整えることではない。それはペンという鑿で、人生という岩盤を彫ることだといってもよい。

　ミケランジェロは、自分はダヴィデ像を作ったのではない。大理石から彫り出したのだと語ったと伝えられるが、「書く」という営みにも同質のことがいえる。書くとは、言葉によって見えない意味の彫刻を世に送り出すことだといえるのかもしれない。

「かなしみ」とは、自分が何かを愛した証(あか)しである。それゆえに「愛しみ」と書いても「かなしみ」と読む。このことは今、私の人生の土壌になっている。これまで書いたあらゆることは、この土地に咲いた花だといってよい。だが、この素朴な事実に出会うまで、幾つかの岩壁を渡り歩くような経験をしなくてはならなかった。

悲しみを生きるとき、人は亡き者との再会を切に願う。果たし得ないことであると知りながら願わずにはいられない。「愛しみ」という言葉は、出口のない悲痛の輪から静かに私を導き出してくれた。

悲しむとき人は、それを遠ざけようとしながら、手放すまいと思っている。矛盾しているというだろうが、だからこそ苦しみが存在する。受け容れるべきは悲しみであるより、矛盾する感情そのものなのである。仏教学者の鈴木大拙がこうした心情をめぐって次のように書いている。


親しい人、愛する人が死んだとする、それを否定しない、否定しないのみか、自分は慟哭（どうこく）する。が、どこやらに慟哭せぬものがちゃんとそこにいる。しかし慟哭するものをみて、それと一緒に慟哭していながら、ちゃんと無喜また無憂という奴がある。これが事実なのです。それが認められぬと話にならない。ここにおいて喜びもなくまた憂いもない所において、私は無心ということを感受してみたいと思うのです。

（『無心ということ』）

この本が刊行されたのは一九三九年五月だった。前年、大拙の妻ビアトリスは体調を崩して入院し、本が出た年の七月に亡くなっている。講演をもとにした一冊だが、先の言葉を大拙は、聴衆に語っているだけではない。自分にも向けて語っているのである。だからこそ、真実が宿るともいえる。

大拙がいう「無心」を感じるとき、私は静かにペンを執る。妻は私の本を知らない。雑誌に掲載されたものは見たことがあったが、本という形になる前に彼女は冥界へと往かねばならなかったからである。

王陽明の教え

9 良知とは何か

ある本を読んでいたら「忘る」と書いて「おこたる」と読ませているのに出会い、しばし動けなくなった。その本は、最初から読むというよりも、いつも傍らにあって、折にふれページを開いたところから読むようにしている。改めて考えさせられることに遭遇するのは、いつものことだが、あの日は少し衝撃の度合いが違った。

今の自分の深い場所にある何かを鋭い光で照らされたように感じたのである。

「忘れる」という行為は、意識的というよりも無意識的な行為の結果であるように思われている。しかし「忘る（おこたる）」という読みは、まったく違うことを教えてくれる。何か大切なことを忘れるのは、小さな怠りが積み重なった結果でもある、というのである。

言葉は人間の経験の貯蔵庫である。よいこともそうでないことも、やり遂げたことや挫折も含めて、人間がこの世界とどうつながってきたのか、そこに生じた感情や思いが、意味として蔵されている。

ある出来事の意味を、その時代の人が忘れても言葉が覚えている。真の意味で学ぶとは、教科書に記されている意味の枠を飛び出て、言葉の奥に潜む意味の貯蔵庫の門を開けようとすることだ、といえるのかもしれない。

しかし、仮にその門をくぐることを許されても、経験がないと大切なものを見過ごしてしまう。語意を理解するのはむずかしくないが、その言葉と人生をともにするのは容易ではない。ある言葉の意味が本当に分かるには、それを実感するだけでは足りず、痛感しなくてはならないことがある。ある痛みをともなって認識することでようやく、その言葉の真義と邂逅するのである。

何かを忘れると人は言い訳をする。忙しかったとか、体調がすぐれなかったなど理由はいくつでも挙げられる。だが、そうしているうちは「忘る」ということの真の意味は分からない。忘れてはならないことを忘れたのは、言い訳できない自分の怠りであることをはっきりと感じる。そうしたとき初めて、意味の門が私たちの内なる世界で音を立てて開く。

「忘る」という文字に出会ったのは陽明学の祖である王陽明の言葉を集めた『伝習録』（溝口雄三訳）においてだった。そこに引用された『孟子』の一節にそれはあった。「忘るな、助くな」、物事を行うには、怠惰と焦りが禁物だというのである。

この孟子の一節から「助長」という言葉が生まれた。ただ、孟子がいう「助長」は、単に何かを補助し促進することではない。よかれと思って早く行わせることが、かえって育成をさまたげることをいう。

詩を書き始めてほどないころのことだった。言葉は、物事の意味を明らかにしてくれるだけでなく、人生という旅における護符のようなものだと思った。むしろ、その護符を見つけるために詩を書くようになったとさえ、今では思う。

言葉の護符は、世にあるお守りのように誰かに与えてもらうことはできない。それは世界と自分とが出会うところに生まれ、内面に結実する。ある痛みとともに「忘る」という言葉を胸に強く抱くとき、それは辞書にある文字ではなく、「わたし」の護符になる。

言葉の護符は、単にその人を庇護するだけではない。生きる態度を質すものでもある。「正す」というより、問い質すのである。

「忘る」という一語が問うのは、生きる意志とは何かということかもしれない。何を人生の核心に据えるか、それによって人生はずいぶんと姿を変える。別なところで王陽明は次のような一節を残している。

心の良知これを聖と謂ふ。聖人の学は、惟だこれこの良知を致すのみ。
（『王陽明全集　第二巻』）

人は誰も「良知」と呼ぶべきものをわが身に宿している。良知を目覚めさせることに人生の目的がある。そして良知は聖なるものですらある。学ぶとは内なる聖性を自覚することにほかならない、と王陽明はいう。

陽明学というと「知行合一」という言葉が想い浮かぶかもしれない。知性は実践を伴うとき初めて生きたものになる。確かに王陽明は語ることに終わらない、生きた叡知を重んじた。だが、陽明学でもっとも重要なのは、知性の優劣の彼方に「学ぶ」ことの意味と可能性を説いたところである。

能力において人間を見るとき、私たちは優劣の世界にいる。しかし「良知」を軸にするとき、比較を超えた「等しさ」の地平に導かれるのである。

九鬼周造の思索

10　偶然と運命について

小さくてもよい。いつか一冊の本を書いて応答してみたい。そう感じている主題がいくつかある。「運命」もその一つである。

この問いから離れることができなくなったのは、運命にふれたリルケの書簡を読んだのがきっかけだった。運命は、どこからかやってくるのではない。人はそれを育みながら生きている。生きるとは、運命を開花させることである、とすらこの詩人は感じていた。

運命という言葉は常に両義的である。運命的な出会いなどといわれるときは、人生を根本から変える肯定的な出来事を指すこともあるが、「あれは運命だった」と呟(つぶや)くような言葉にふれるとき、否定的といわないまでも避けがたい試練を生きる者の姿を目撃する。

英語で運命を意味するdestinyは、目的地を意味するdestinationと語源を同じくする。しかし、日本語の運命には異なる語感がある。そこにたどり着ければ安心できるという場所とは、あまり関係がないように感じられる。

ここで考えている運命は、何をしてもすでにどうなるかは決まっている、という貧しい決定論ではない。リルケに直観されていたのは、それぞれの人生に託された神聖なる義務のようなものなのである。

日本語で運命というとき、胸に迫ってくるのはまず、どこへ運ばれていくのかという方向性ではなく、「命」とは何かという問題なのではないか。天命、宿命、使命、立命という言葉もある。運命というときの「命」も、先の四つにあるものと同質である。リルケの運命観を素通りできないのは、日本語の「命」という言葉の奥にあるものとこの詩人の実感が強く共振するからかもしれない。

日本に限定されない。東洋では古く孔子の時代から「天」と呼ばれるものが、自分に何を託してくるのか問い続けた。ここに真摯に向き合うとき、天命の姿が明らかになる。

宿命とは、何をわが身に宿して生まれてきたのかを問うところに明白になり、使命とはおそらく、天命を自覚し、おのれの宿命を受け容れたところに生じる人生の確信のようなものではあるまいか。立命とは、我意ではなく、天命、使命を核に据えて生きる覚悟のことだろう。

人は誰も思うままに生きようとする。しかし、それは遅かれ早かれ壁というより避けがたい問いにぶつかる。生きるとは、「私」、すなわち我意を生きることなのか、

「命」というべき神聖なるものを開花させることなのかを何ものかに問い質される。

哲学者の九鬼周造(くきしゅうぞう)は、運命とは何かを真剣に考えた稀有な思索者だった。彼が人生のある時期に「偶然」とは何かをめぐって熱意をもって思索を深めたのは、その背後にある運命が問題だったからだった。

さまざまな偶然がある。人は、その恩恵を受容もでき無視もできる。ただ九鬼は、偶然と運命が決定的に異なるのは、それを無視することができないところにある、という。

あるとき九鬼はラジオで「偶然と運命」(『九鬼周造随筆集』所収)という題下で講演したことがあった。偶然とは何かを話し続けたあと、終わり近くになって彼は地平をひっくり返すようにして「運命」とは何かを語り始めたのだった。

「皆さんは今ラジオを聞いておいでになる」といい、人はいくつかあるラジオ局から自由に選択できると語ったあと「運命というものは我々の側にそういう選択の自由がなくていやでも応でも無理に聞かされている放送のようなもの」である、と九鬼はのべている。

むずかしいことではない。この時代、この国に生まれたことだけでもすでに、抗（あらが）うことはできない。確かに運命は避けがたい。

運命が選択の自由を奪うのは、私たちの生涯を不自由なものにするためではない。自由、不自由という二択の彼方（かなた）に導くためだと九鬼は考えていた。安心立命という言葉を想起しながらかもしれないが、この講演の最後に彼は運命をめぐってこう締めくくった。

> 安んずるというばかりでなく更に運命と一体になって運命を深く愛することを学ぶべきであると思うのであります。自分の運命を心から愛することによって、溌剌（はつらつ）たる運命を自分のものとして新たに造り出していくことさえもできるということを申して私の講演を終ります。

運命が人に差し出すのは、動かせない定めではない。人生を愛することによって、かけがえのないただ一つの人生を創り出す、創造の可能性だというのである。

C・S・ルイス『悲しみをみつめて』

11 人生の問い

生きていれば誰も、のっぴきならない事態に遭遇する。それはいつも、予期せぬときにやってきて人生に甚大な影響を与える。準備ができないわけではない。しかし出来事は、予想をはるかに超える衝撃をもって私たちの人生に立ち現れる。こう書くと何か恐ろしいことのように感じられるかもしれないが、ここでいうのっぴきならないこととは、そこに終わらない。

童話『ナルニア国物語』の作者であり、二十世紀を代表するキリスト教思想家でもあったC・S・ルイスが、自身の伴侶の死をめぐって書いた『悲しみをみつめて』と題する小さな本がある。この一冊を彼は、次のような一節から始めている。

だれひとり、悲しみがこんなにも怖(おそ)れに似たものだとは語ってくれなかった。わたしは怖れているわけではない。だが、その感じは怖れに似ている。

（西村徹訳）

この本を手にしたのは、ルイスと同じ境遇に立ったからではなかった。本はすでに家にあった。妻の病気が分かるずっと前のことだが、私たちはこの本が映画化された作品を二人で見ている。その映画に心打たれて買ったのかもしれない。映画には妻が誘ってくれた。理由は分からない。彼女はルイスの本を読んだことはなかったように思う。

妻を喪い、何度、この本を読み通そうとしたか分からない。だが、少し進むと先の一節に立ち戻り、静かに本を閉じるということが続いた。読み終わらないまま、書架に在るこの本のカバーだけがどんどん古くなっていった。

私にも、悲しみが恐怖と似たものであることを語ってくれた人はいなかった。ただ、先の一節を反芻しているとルイスが語ろうとしているのは、誰も助けてくれなかったという恨みではなく、悲しみと恐怖の決定的な差異であることが分かってくる。同じ本でルイスは「しるしを本体そのものと混同する」とも書いている。怖れと似ているのは悲しみの「しるし」、すなわち、その現象に過ぎないというのである。

人とは限らない。大切な何かを喪ったことのある人なら、「怖れているわけではない。だが、その感じは怖れに似ている」というルイスの言葉が真実であることが分かるだろう。

悲しみは、孤独というよりも孤立感を与え、恐怖心を沸き立たせる。恐怖は人を萎縮させ、ときに卑屈にさえする。だが悲しみの経験は、恐怖を伴う痛みをもたらす一方で、怖れと悲しみを同化することを強く拒みもする、とルイスはいうのである。

のっぴきならないことをやりすごすことはできる。しかし、それは時限的である。いつまでも見過ごすことはできない。出来事の影響は存在の深部に届き、私たちに応答することを求めてくる。

解答と応答、「しるし」としては似ているが本質はまったく違う。ことに人生という場においてそれは人をまるで別な方向へと導くことになる。

学校のなかの世界では、解答は教師が持っている。それをいち早く言い当てるのがよいことだとされる。しかし、人生の海に船出してみると、解答めいたことの危うさと脆（もろ）さにすぐに気が付く。解答という名の鉄製のオールは、人生の海を漕（こ）ぐには適していない。海水にふれ、すぐにさび付くからである。

のっぴきならない出来事にも解答は役に立たない。応答するほかないのである。のっぴきならない出来事は、人生からの呼びかけである。それに応答するとき、私たちは自らに問いを受け取る。誰も肩代わりしてくれない「わたしの問い」を身に宿すことになる。

十九歳のとき、私は人生の師に出会った。井上洋治というカトリックの神父である。その関係は師が亡くなるまで続き、誤解を恐れずにいえば、師が亡くなってからいっそう深まっているとさえ感じる。真の意味で師と呼び得る人は、解答めいたことをいわないのではないだろうか。そのことによって彼は、今も私の師であり続けている。

解答を多く持つ人は、世のなかで華々しく活躍するかもしれない。しかし私は、存在の深部で人生の問いに応答し続ける人たちにも出会ってきた。そうした人たちと言葉を交わすたび、財産とはまったく異なる人生の富と呼びたくなるようなものを受け取る。解答ではなく、問いを分かち合ってもらったようにも感じる。問いを生きる人たちはまた、人生は怖れる対象ではなく、畏れるべきものであることも教えてくれているように思う。

マラルメ「詩の危機」

12 言葉を練磨する

言葉はなるべく丁寧に用いた方がよい。不用意な言葉一つでも、世のなかを大きく動かすことがあるからだ。そんな現実を私たちは日々、日常生活だけでなく、政治や経済の世界でも目撃している。

丁寧に用いるためには、言葉との関係を丁寧に築き上げていかなくてはならない。

事情は人と人の関係に似ている。利得で結びついた関係は、利得がなくなれば終わる。だが繊細に深められた関係は、危機においてこそ、いっそう強固なものになっていく。

現代人は語彙を増やして表現力を高めようとする。語彙力が足りないから文章が苦手だという人もいるが、どちらも言葉との関係をいかに広げるか苦心している点においては変わらない。語彙は多くてもよい。しかし、本当のことを語ろうとするとき問題は、語彙力とは別なところにある。

どう読むかという方法よりも「読む」とは何かを考える。どう書くのかではなく、「書く」とは何かをまず考える。そして「読む」と「書く」を呼吸的に行う。そんな風変わりな講座を行うようになってから十年の歳月が過ぎた。

精確に数えたことはないが、その間に市井の人の書いた文章を少なく見積もっても一万篇は読み、添削をしてきた。その経験が教えてくれたのは、文章の本質を決定するのは豊富な語彙力ではなく、言葉との関係の深さだという素朴な事実だった。

もちろん、語彙力がまったく必要ないというのではない。ただ、たとえば宮沢賢治の「雨ニモマケズ」を理解できる語彙が備わっていれば不足はない。問題は、あの一文を読んで「雨」とは何かを感じ直すちからである。問われるべきは語彙力とは質を異にする「言葉のちから」なのである。たった一つの言葉であってもそれと深甚な関係を持つ人の語る言葉、書く文章は、受け取る者の胸を貫く。

言葉と自分との関係を顧みるのは難しいことではない。言葉とどのような動詞をつなぐかを試してみるとよい。言葉を「使う」という人は多いだろう。講演などで尋ねてみるとじつに多様な動詞に遭遇する。「つむぐ」「失う」という人もいる。「添える」「味わう」という人もいる。詩を書くようになってから言葉は、世にただ一つの贈り物になった。言葉を贈るという表現は私のなかでとても大切な語感を持っている。

言葉をめぐる仕事を生業（なりわい）にするようになって、そこに付す動詞にも変化が出てきた。言葉は、まず育むものであり、練り、そして磨くものとなっている。

練磨という言葉がある。文字通り、練り、磨くことだが、百戦錬磨というように練り、磨かれるのは、具体的な事物ではなく、私たちの心であり、さらにその奥にある、心理学者の河合隼雄の表現を借りれば「たましい」と呼ぶべきものである。

言葉を記号だと思っているあいだは練磨することはできない。だが、言葉の本質が、不可視な意味であることを実感すれば、練磨せずに言葉を用いることの方がかえって怖くなる。

その人のなかで練られ、磨かれた言葉は、そうではない言葉とは異なるちからを有する。たとえばある詩人が、素朴な言葉を発する。すると、世の人がそれを用いるのとはまったく違った輝きと威力をもって私たちの胸を突き抜けることがある。哲学者の井筒俊彦が主著『意識と本質』で、十九世紀フランスを代表する詩人ステファン・マラルメの「詩の危機」にある次のような一節を引いている。


私が花！　と言う。すると、私の声が、いかなる輪廓(りんかく)をもその中に払拭し去ってしまう忘却の彼方(かなた)に、我々が日頃狎(な)れ親しんでいる花とは全く別の何かとして、どの花束にも不在の、馥郁(ふくいく)たる花のイデーそのものが、音楽的に立ち現われてくる

「花」という言葉には、地球の生誕から終末まで、この世に立ち現れるすべての花が含意されている。そればかりか、私の内面に咲く悲しみの花、よろこびの花と呼ぶべき不可視な存在までも意味として包み込んでいる。詩人が詩に「花」という言葉を置く。それは時代的、文化的制約を解き放ち、言葉そのものに宿っているエネルギーを開放しようとする試みとなる。

「音楽的」という表現も見過ごすことはできない。目に見えないが実在し、律動を伴い、調べを有するもの、そして、知性を飛び越え、私たちの存在の深みを揺り動かすもの、それが言葉の本質だと、この詩人はいうのである。

石垣りんの詩と随筆

13 本との出会い

週に一度は古書店に行くようにしている。一生を費やしても読み切れないほどの本に囲まれた生活をしていながら、まだ買うのかと呆れられそうだが、本の魔力に貫かれた人間にとって本は、単なるモノではない。人生という険しい道を行くときの同伴者であり、道しるべでもある。

とにかく店に足を運ぶ。探している本の有無は問題ではない。探している本は念頭にない方がよい。書架の前に無心に近い心持ちで立つことができる。

明確な目的がなかったから見過ごしてしまった、ということはさまざまな場面で起こり得る。だが、目的があまりに明確だったから、目的以外のものを見過ごす場合も少なくないのである。私たちは、自分の眼に何が見えなかったかはなかなか認識できない。

新刊書店と古書店は、同じ書店だがいくつかの重大な違いがある。予期せぬ出会いを生む場であることには変わりないが、古書店では、出会う相手が時代を超えてやってくる。現代という時代に、ひとたび忘れられた本たちも、息をひそめて待っているのである。

家の近くの古書店で石垣りんの詩集『やさしい言葉』に出会った。詩を書くようになるまで私は彼女の存在を知らなかった。一読して強く打たれた。彼女に「ことば」と題する詩がある。

生き生きと
こころに浮かんだ詩の一行が
ふと逃げてしまうことがある。
釣りそこねた魚のように
それっきりのこともあれば
月日をへだてて
また目の前にあらわれることもある。

（『石垣りん詩集』）

大切な言葉は自分のなかから湧き上がる。それとの邂逅（かいこう）をじっと待つことができるか。言葉との出会いの秘訣はここにある。

石垣りんの第一詩集は『私の前にある鍋とお釜と燃える火と』と題するもので、

自費出版だった。今日でこそ時代を代表する詩人のひとりだが、当時、彼女の詩集に注目した人はけっして多くなかった。意中の詩人の作品はなるべく詩集で読みたいと思い、復刻版ではない、原版を探した。この詩集の相場からいえば安価な値段で入手できたのだが、驚くべきことがあった。署名と相手への言葉が添えられていたのである。

詩集が出来ました
クリスマスの賑やかな晩に、冷い風の日に、最初の20冊をぶるさげて神田から家へ帰りました。その中の一冊をお受取り下さいませ

肉筆の短い手紙を読みながら私は、寒風のなか詩人が小さなからだに重い荷物をもっている姿が見えた気がした。

年の終わりが近づくと、この詩集と手紙の文言、そして、アンデルセンの「マッ

チ売りの少女」をめぐって彼女が書いた随筆「焰に手をかざして」の、終わりにある一節を思い出す。「あのマッチ棒ほどに短い物語は、文章であることさえ焰にしてしまったのではないか、と思われます」と書いたあと彼女はこう続けている。

私は、こごえた両手でその火を感じるしかありません。読者もやがて、オハナシのほとりで、少女のように冷たくなるでしょう。
童話は、子供に夢を与えるのでしょうか。私がいちばん多く受け取ったのは、かなしみだったような気がします。かなしみを知って、それから生きてきたのではないか、と。

子どもは大人たちが感じているよりもずっと深いところで自分の宿命を生きている。遠い場所で過酷な状況にある子どもたちに平安があることを願ってやまない、というのである。

新刊も古本もほとんどをインターネット経由で買っていた時期が長くあった。検索も配送も便利で、古書の場合は価格の比較もできる。だが四、五年前、本にじかにふれて選ぶ習慣を取り戻そうと強く思った。新刊書は書店で買うという決まりごとも作った。

インターネットを通じて買う本はすべて自分が調べ、探し当てた本である。勘がよいときは検索する言葉のひらめきのようなものがあって、想わぬ出会いがあったりもするが、それでもやはり探しているのは自分である。

古書店では質をまったく異にする経験をする。古色蒼然とした本が巡礼者のような姿をして、私の手に取られるのを待っている。

思い込みに過ぎないといわれればそれまでだが、そうした出会いから一冊の本が生まれるのも事実だ。さらに、そうした本はしばしば、そのときの自分に必要な言葉を宿している場合が多い。自分が何を欲しているかは理解できる。だが、何が必要かは、見えていないものである。

サン=テグジュペリと須賀敦子

14 たった一つの言葉

忘れがたい出来事が続いたことがあった。六、七年前のことである。書店でのトークイベントが終わると若い女性が「先生、お久しぶりです」と声をかけてきた。三年ほど前、大学で講義をしていたときに受講していた人だった。「言葉による表現とは何か」を考える二十人ほどのクラスだったから顔も覚えていた。卒業後、女性はさまざまな経験をして、講義でふれた言葉と出会い直し、その思いを直接伝えたくて来たのだという。

あまり日が経たないうちに、竹橋の東京国立近代美術館の入口付近で、やはり「あっ、先生」という声に呼び止められた。同じ講義に参加していた女性で、講義での言葉を受け止め直していると語り、深謝とはこういうことかというほどの謝意を表現してくれた。この二つの出来事は、「話す」という行為に決定的な影響を与えた。

彼女たちに出会ったのは本格的に大学の教師になる以前だった。若い人たちにどう接してよいかも分からず、全身で向き合うというほか術を知らなかった。教師の経験がないだけでなく、まともに大学にも行っていなかったのだから、そもそも講義とは何かを理解していなかった。

講義では際立った反応もなく、言葉が届いていないと感じていた。顔は平静を装っても、いつも脇からは汗が滴っていた。話す側もつらかったが、聞いている方も耐え難かったに違いない。それればかりか聞く方があの場を懸命に支えてくれていたことが今は、はっきりと分かる。

厚い岩壁に小さな鑿をふるう。そんな空気の硬さを身に浴びながら、もういっぽうで感じていたのは、眼前にいる若者たちがいつか遭遇するであろう人生の困難だった。状況を変えるのは、いつ訪れるか分からない幸運であるよりも、たった一つの言葉である。それだけは人生の実感として語り得る。そう感じていた。

危機にあるとき、言葉は人生の羅針盤にさえなる。作家の須賀敦子にとって『星の王子さま』の作者でもあるサン＝テグジュペリの言葉はそうした役割を担った。

「……自分がこうと思って歩きはじめた道が、ふいに壁につきあたって先が見えなくなるたびに私はサンテグジュペリを思い出し、これを羅針盤のようにして、自分がいま立っている地点を確かめた」（「星と地球のあいだで」『須賀敦子全集　第4巻』）と彼女は書く。

言葉は行き先を照らす。しかし、その道を進むか否か、どのような心持ちで歩むのかを決めるのはその人自身である。言葉の光は、その人のうちにあるものを照らす。何を発見するのかはその人自身が決めるのである。

「方法」と「情報」は世の注目を集める。聞く人はそこに利得を探す。当然ながら、聞いている人は、言葉そのものではなく情報を受け取る。人はいつも、探しているものを見出す。探究すべきは、どう探すかではない。何を探すかなのである。

昨年（二〇二三年）亡くなった批評家の栗田勇が美しく、そして厳粛な言葉を残している。「言葉は風景のようなものだ。いや、山や野に咲く生きた花畠（はなばたけ）のような気もする。種子は同じでも、時と場所によって、咲かせる花はちがう」（『日本文化のキーワード』）

言葉の種子は、すでにその人のなかにある。問われているのは種子をどこで開花させるかなのだというのである。難しいことではない。「生きる意味」という素朴な言葉をどこで開花させるかで人生は、まるで違ったものになる。

『新約聖書』の「福音書」によるとイエスは、十字架上での死を受け容れるため、聖地エルサレムに入っていくとき、徒歩ではなく子ロバに乗って赴いた。何気ない光景だが、この場面はさまざまな人に啓示を与えてきた。ここに人と神との不可逆な関係を見る人もいる。人間は神を乗せる小さなロバだというのである。

同質なことは言葉との関係をめぐっても感じる。言葉というロバに乗ることで人は、世界を眺め、認識し、生きる。だが、人が言葉のロバにならねばならないこともある。言葉が人に仕えるのではなく、人が言葉に仕えるのである。

「話す」ことが仕事になった今、言葉との関係を以前よりも重く受け止めるようになった。聞く人の深い場所に何かを届けようと願うなら、言葉を人に仕えさせるのではなく、人が言葉に仕えなくてはならない。仕事とは味わい深い言葉である。真に事に仕えることを学び得たとき、そのことがその人の「仕事」になるのかもしれない。

井筒俊彦の創造的「誤読」

15 研究・調査・読書

言葉とどう向き合うか。その態度によって、経験の質はまるで違ったものになる。自分だけの定義に過ぎないが、私は「研究」と「調査」、そして「読書」を明確に感じ分けている。

ある人物の生涯や、ある歴史的事件の原因と影響を探究する。それは「研究」である。可能な限りの文献に当たり、真摯に向き合う。研究は自分の関心の有無だけで進めてはならない。重要なのは労を惜しまないこと、そして直観である。それも持続的にはたらく直観である。

資料に潜んでいるものを見出すために網羅的に「調査」することもできる。だが、調査の眼にはのちに著作の本質となるようなものは見つけにくい。それを照らし出すのは閃光(せんこう)のような直観なのである。

最初の著書は哲学者の井筒俊彦の評伝(『井筒俊彦　叡知の哲学』)だった。さまざまな人の手に届き、いくつもの出会いがあった。英訳もされ、井筒を知る碩学(せきがく)からも好意的な読後感をもらった。井筒が長く暮らしたイランでは彼をめぐる映画ができた。監督からは、この本がなければ映画はできなかったといわれた。井筒がかつて勤めていたカナダの大学から研究者が会いに来たこともあった。

この本をめぐって、いつも尋ねられたのは、大学の研究者でもないあなたが、どうやってこれだけの資料を調査できたのか、ということだった。

いつも答えに窮していた。質問されるまで苦労だとも、特別なことだと思ったこともなかったからである。文献を調査したというより、文献の方から集まってきたというのが実感だった。

「調査」するとき、中心ではたらくのは人間である。しかし「研究」が動き出すとき核となるのは、人ではなく「問題」になる。人が問題に仕える。問題が人を動かす。こうしたとき予想をはるかに超える出来事も起こる。

「研究」するときは、地面を掘るようにして本を読む。「問題」を掘り進める。めくるページの量も多いというより凄まじいことになる。だが「読書」は、私にとってまったく質を異にする営みなのである。

本は読み始めたら最後まで読む、という人がいる。こうした人に読んだ本について語ってほしいと頼むと、見事に要約してくれる場合が少なくない。

これが「読書」をしている私にはできない。そもそもはじめて「読書」を経験した十六歳のときからそうしたことを求めたこともない。

そのとき出会うべき言葉に出会えればそれでよい。小説の場合、それがどんな物語かを忘れても、ある一節に真に邂逅したといえればそれで充分だとも感じている。全部読むことが重要なのではなく、深い場所から自己を照らし出す何かを確かにとらえ得ているか否かが問題なのである。十ページほど読み、強く心打たれ、本を抱きしめるようにして寝ることもある。

そこまで動かされているのだから、全部読めばよいではないかというかもしれないが、私の経験上それはあまり功を奏さない。私にとって「読書」は徹底的に質的経験なのである。

井筒俊彦は、稀代(きたい)の文章家だが、じつに深遠な経験を有する「読書」の人でもあった。「読む」とは何かをめぐって彼はこう述べている。

書かれている思想だけが読まれるのではない。誤読的コンテクストでは、顕示的に書かれていないコトバも、あたかも書かれてそこにあるかのごとく読まれるのでなくてはならない。

（井筒俊彦「マーヤー的世界認識」『井筒俊彦全集　第十巻』）

井筒にとって真の意味で「読む」とは、創造的に「誤読」することだった。正しく読むことが書き手の意志をそのままに受け取ることであるなら、自分は文字という扉の向こう側にある意味と「誤読」的――書き手の意図を超えて――に出会うことを願っている、というのである。

本を閉じても小さな言葉の前を離れず、見えない護符のようにして暮らし、心に根付かせる。すると、内面で言葉が育ち始める。私にとって「読書」とは、書物から意味の種子を受け取ることにほかならない。

言の葉というように言葉は、しばしば植物的変容を遂げる。小さな黒いかたまりが、多くの人を包み込むような大樹になることもある。生きることに疲れた人間を深い場所で癒す言葉、そうしたものとの出会いを――誤解を恐れずにいえば、そうしたものだけを——私は「読書」に求めている。

フィヒテ『人間の使命』

16 意志について

誰もがよい仕事をしたいと願っている。仕事がうまくいかないという人でも、深いところでは、自分が事に仕え得るような日々を送ることを希（こいねが）っている。そこに名状しがたい確かな充足があることを、私たちは経験で知っているからだ。

「よい仕事」とは必ずしも収益を得ることではない。現代人が仕事の重みを経済原則によって量る習性を持っていることは否定しがたいとしても、本質的な意味で仕事が、それほど単純な構造であったら、世界は存続し得なかっただろう。ここでの「仕事」とは何らかの行為によって、世界、他者、あるいは自己とのつながりを深化させることを指す。そこには祈りのような行為さえ含まれる。

仕事において重要なのは結果である、という人がいる。結果は重要である。しかし結果が試みよりも意味があるとは断定できない。ほとんどの場合、結果とは不断の試みの成果に過ぎないのではあるまいか。

ある人は結果を成功と呼ぶ。だが、意味ある失敗は、成功に勝るとも劣らない重みを持つ。よい仕事、それは持続的な意味ある試みだといってよい。どんな分野であれ、長く仕事に携わってきた人ならこの原則に確かな実感があるだろう。ただ人は、失敗を結果が出るまで語らないのである。

よい仕事の「条件」とは何かとなると簡単には明言できない。また、おもいが強ければ仕事がうまくいくかというとそうではない。過ぎたるは及ばざるがごとし、というのはここでも真実なのだろう。

とはいえ、おもいがなくてよいということにもならない。偶然に一度や二度、おもいがけない幸運が訪れることはある。だが、持続可能な仕事となると、おもいがないまま営むことはできない。さらにいえば、おもいがないところでは意味ある失敗すら経験できない。

「意う」と書いて「おもう」と読む。それは思うや想う、すなわち思考や想像とは異なる営みである。「意い」は我意となることもあれば、意志としてはたらくこともある。我意は、よき仕事のさまたげになることが多く、意志がないところによい仕事は生まれない。

我意と意志を感じ分け、我意を意志に変容させること、そこに真の意味での仕事の始まりがあるようにさえ感じる。

十八世紀から十九世紀初頭に活躍したフィヒテというドイツの哲学者がいる。カントの後継者として研鑽を深め、のちに独創的な哲学を構築した。この人物が『人間の使命』と題する哲学的対話篇で「意志」をめぐって印象深い言葉を残している。

永遠の世界においてはただ意志のみが、この意志は私の心の隠れたる暗闇にあってあらゆる死すべき目には閉ざされているが、見えざる精神の国全体を貫く諸結果の連鎖の第一項である。

（量義治訳）

「諸結果の連鎖の第一項」とは、「すべての始まり」くらいに読みかえてよい。つまり、真に意志と呼び得るもののはたらきなくしては創造的な出来事は起こらない、というのである。

私たちが現実と呼ぶ世界をフィヒテは「地上の世界」と呼ぶ。それを包み込むように「永遠の世界」が存在する。

手でコップを持ち上げる。「地上の世界」でそれを確認するのはむずかしくない。

「永遠の世界」を感じ得る者は、同様の確かさで意志のはたらきを認識する、とも彼は書いている。

「書く」という営みを私は、我意から始めた。我意には、ある種の憧憬も含まれる。我意を生きるとき人は自分の理想を重んじる。だがあるとき、自分の理想は、じつに曖昧で、ときにひとりよがりですらあることに気がついた。

次は他者からの評価を得たいと思った。世評や売れ行きだけでなく、文学賞、学術賞を意識していたこともあるが、こうしたものもあってもよいが不可欠ではない。生前は評価らしいものをまったく得なかったが、没後半世紀以上を経て、たくましく読み継がれる人たちとの出会いが認識を変えた。

いつからか文章を書くとき、二つのことが念頭に置かれるようになった。どの文章も誰かが人生の最期に読む文章になる可能性があるということ、そして亡き者たちが、まっすぐな眼で言葉を見つめているという実感である。

こうした認識に応答するためにもフィヒテのいう意志を働かせなくてはならない。

それは完全にではないとしても、いくばくかの無私をはらむものであるように今は感じている。

中川一政『画にもかけない』

17 画家の原点

人生において重要なのは前進よりも原点を見失わないことである。誤った方向にむかって前進することが少なくないことは誰でも知っている。

ある人は原点を初心と呼び、ある人は目的ということもある。現代ではしばしば、目的が見失われ、目標が重んじられる。初心は軽視され、慢心を体現したような人物が責任ある立場に就く場合もある。

　私たちは学校だけでなく職場でも、目標を重んじる風潮のなかで生きている。目標は多くの場合、可視的に設定される。しかし目的は、不可視な姿で実感される。目的の場合、実感というよりも予感という方がそのありように近い場合もあるだろう。

　このまま前進すれば評価は得られる。だが、目的からは乖離するかもしれない。そう感じられたことも多くの人にあるのではあるまいか。目標に邁進することは、目的を見失っていく道程になり得る。目標は前進と結びつきやすい。誤った目標を目指して前進したところで必要なものを見出すことはできないだろう。

　人生だけでなく創作においても重要なのも前進ではなく、原点、目的である。

　中川一政は、近代日本を代表する画家だが、文学者といってよいほどの随想も残している。そもそも表現者としての彼は絵画ではなく、歌と詩から出発した。彼にとって重要だったのは表現それ自体であって画家であることでも文筆家であることでもなかった。

そうした生き方だからなのかもしれないが、私は、彼が絵画をめぐってつむいだ言葉に文筆におけるかけがえのない示唆を見出す。道に迷いそうになったときなど、画集を眺めるように彼の文章を読んでいる。するとしばしば、道標になるような言葉に出会う。たとえば『画にもかけない』という彼が九十一歳になる年、世に送った本には、絵の具をめぐる次のような印象深い一節がある。


師匠は苦労して自分になくてはならぬ絵具を並べた。その苦労を今は一人一人がやらねばなりません。他人のパレットは役にたちません。（中略）人に教わったらすぐ出来ると思う事でも、間にあわせでない自分の仕事をしようとしたら矢張それだけの時間はかかるのです。

その人のパレットが出来た時、その人の仕事が軌道に乗った時と云ってよいでしょう。

これが自分のパレットである、そう呼べるものが立ち現れるとき、その人は真の意味での画家になる。人からもらったパレットをどんなに巧みに用いてもその人の絵は生まれない。世の人は良い絵を画くことに時間を費やす。だが、絵を画き続けることを志す者は、絵だけでなく自分のパレットを生むことにこそ注力しなくてはならないのだ、というのだろう。

まったく同じことが言葉にもいえる。心理学者の河合隼雄の表現を借りれば、こころを支えている「たましい」と呼ぶべき場所に言葉を届けようとする者は、言葉のパレットと呼ぶべきものを生まねばならない。

パレットに、売っている絵の具を置くだけでは絵は画けない。それを自分の色にしなくてはならない。言葉も同じで、辞書に載っている言葉を数多く覚えるだけでは、人の「あたま」に届く言葉しか語れない。

辞書的な言葉でもよいではないかと思うかもしれない。だが、生きられた言葉ではない、知っただけの言葉を用い続けるもっとも大きな危険は自分を見失うことなのである。生きられた言葉——すなわち「生きた言葉」——は、その人と他者をつなぐだけではない。その人自身との関係も確かなものにする。

同じ中川の本に絵の具にふれたこんな一節もある。

黒田清輝が云ったそうです。
絵具をまぜるに十分まで混ぜるな。六七分で止めよ。そうすれば画布へもって行った時十分になる。
十分まぜたら画布の上で十二分十三分になって色は死ぬ。

文章を書くときも同じである。書くことにおいて「混ぜる」とは、言葉と言葉を生きたかたちでつなぐことである。「十分まで混ぜる」とは、否定の余地もないような明瞭な表現に固定することにほかならない。いっぽう「六七分で止め」るとは、言葉と言葉のあいだに沈黙、あるいは余白を置く、ということになる。難しいのは明白に語ることではない。読まれ、あるいは聞かれることによっていっそう意味が深まっていくような語り得ない場を生むことにある。人が何かに出会うのはいつも、こうした不可視な意味の地平においてなのである。

正岡子規から島木赤彦へ

18 写生について

海外のメディアを見ていると時折「改善」を意味するkaizenという言葉を目にする。単なる改良ではなく、持続的改良、飽くなき改良を指すらしい。私たちも改善という言葉は用いる。だが、海外の人たちのような熱意をもってそれを認識しているかは疑わしい。kaizenは日本語の改善の意味を超えて用いられ、重大な変革の契機を意味する一語になっているようにすら感じられる。

凡庸に見える言葉にも、時代の常識を根底から変えるような力が宿っている。「写生」という言葉もあるとき、現代を生きる私たちの想像をはるかに超えるはたらきを持った。写生というと小学校などの図画・工作の授業で教室を出て、街中に行き、風景を絵にする、小さな遠足のような時間が思い起こされるかもしれない。だが、近代日本の精神史を繙(ひもと)くとき、この言葉をめぐってまったく別様な現実に遭遇する。

この変革に決定的な役割を担ったのは俳人、歌人でもあった正岡子規だった。「写生」という言葉はもともと絵画の世界で用いられていた。それを子規とその仲間たちが創造的に受容し、文学の地平で花開かせた。

周知のように子規は俳句の大家である。しかし子規の精神は俳句だけでなく、短歌の世界にも強い影響を与えた。子規には歌人の態度を強く批判した『歌よみに与ふる書』がある。そこで子規は「歌よみの如く馬鹿な、のんきなものは、またと無之候（これなくそうろう）」とまで書いている。およそ歌人と呼ばれる人は「写生」の精神を忘れ、自分の心のありようばかりを歌にしている、というのである。

歴史はしばしば直線的には進まない。これほどまでに歌人を批判した子規という樹木に近代短歌の一大潮流が生まれる。子規の志を継いだ人々はアララギ派と呼ばれた。

その一派を代表する一人に島木赤彦という歌人がいる。彼が子規から受け継いだ写生は、学生たちが楽しみながら街の様子を絵にする姿からは想像もできないほど凄絶な営みだった。それは目に見える現象を言葉で表現することとはまったく質を異にする。

写生とは、物をどこまでも物理的に見たまま描くことである、という説明を散見するが、それでは少なくとも子規とその同志たちがいう写生ではない。彼らが描こうとしたのはむしろ、心の方だったからである。それは「生」、すなわち「いのち」のありようをまざまざと写しとることだった。

『歌道小見』と題する著作で島木は「生を写すということは、心と物と相接触する状態を写すもの」であるとも述べている。心のありようをそのまま描こうとするとどうしても形式的、観念的、あるいは概念的になる、ともいう。

だが、物と心をともに描き出すとき、かえって心の真実の姿が浮かび上がってくる。心と物が出会うとき、いのちが湧き出ることに彼もその同志たちも気が付いていた。

いのちを描こうとする者は、いのちを賭してその試みに参与しなくてはならない。どんなに怜悧（れいり）に知性を働かせても人は写生を実践することはできない。いのちから生まれた芸術は、それにふれる者のいのちに訴える。形式や観念、あるいは概念から生まれたものは見る者の精神の表層にふれるに過ぎない。

形式、観念、概念、これらが行く手を阻むのは芸術においてだけではない。島木の言葉を読みつつ私は文学よりも仕事の現場に思いを馳（は）せていた。

ここでいう形式的とは、前例がないというような発言で本質探究を手放すことであり、観念的とは、実践する労を惜しむことであり、概念的とは、どこかで見た情報で現実を分析して終わりにするような態度である。つまり、この三つはどれも、いのちとの直接的な関係を持たない。

だが、概念が存在しなかったら、私たちは何かを深く考えることもできない。愛という概念がなければ、他者から注がれる愛も自分を愛することも流され去っていく。

概念的と感じられる歌でも例外的によいと感じられるものがある。それは「概念の背後に直観の熱が直ぐ想い起されるほどの力を持っているもの」だと島木は同じ本で述べている。

ここでいう「直観」は思いつきを指す「直感」ではない。それは曇りなく物事と向き合い、直に観ることである。直観には熱があり、その熱が概念にいのちを吹き込み、人を動かす。島木の言葉の真実味は日々の仕事のなかでこそ確かめ得るように思った。

ミヒャエル・エンデ『モモ』

19 創造的に聞く

振り返ってみると大学や職場で話す訓練は多少なりとも行ったが、聞くという営みを深化させることはほとんどなかったように思う。効果的なプレゼンテーションを会得(えとく)する機会はあっても、創造的に聞くことを問い直すことはあるときまでなかった。

人は思ったことすべてを語ることはできない。すべて語れたと感じるとき、顧みてみるべきは「おもい」の深さと浅さかもしれない。

聞くという営みが創造的に行われるとき、それは問いという形で顕現する。ある人が何かを語る。それを聞き、問う人の言葉が、語られた言葉の意味を深めるのである。昨今、リーダーと呼ばれる人たちは、自分のおもいを流暢(りゅうちょう)な言葉で語るのに長(た)けているが、深く聞けているかには疑問が残る。

語学力、語彙力、表現力など私たちはさまざまな能力を身に付けてきた。聞くことにおいて働くのは、表現力というときの力とは性質が異なる「ちから」である。「力」には積極的、あるいは能動的な響きがある。聞くことにおいて求められるのは、単なる能力ではなく、創造的受動性と呼びたくなるような「ちから」なのである。

力は一人でも発生する。学力とはそういうものだろう。「ちから」は違う。他者とのつながりのなかでのみ生起する。力は目の前にあるもの、あるいはことを、破壊する場合もある。暴力は人を傷つけ、心無い言葉は信頼を損なうではないか。「ちから」は相反するものの間に未知なる地平を見出そうとする。

私たちはいつからか人を能力で判断するようになった。だが、世のなかには能力とはまったく性質を異にする「ちから」を深め、それによって場を作り、関係や仕事を支えている人たちもいる。

「ちから」の人の重みは、力の基準では測れない。それゆえ人の目につかない場合も少なくない。周囲がそれに気が付くのは、こうした人が何らかの理由でその場を去ったときである。

それでも多くの場合、失われた「ちから」を力で補おうとするのが現実である。「ちから」は水のように働く。渇いたところに静かに寄り添い、音もなく渇きを癒す。それを大きな炎のような能力で補うのは無理がある。

聞くのは簡単ではない。ただ、真に聞く人がいると周囲の人たちは思ってもみなかった僥倖――思いがけない幸い――を実感する。

ドイツの作家ミヒャエル・エンデの代表作『モモ』（大島かおり訳）には次のような一節がある。主人公のモモは、さほど大きな能力を身に宿してはいなかった。しかし、聞くという点においてはおよそ異能と呼ぶべきちからを有していた。モモに話を聞いてもらうだけで「ひっこみじあんの人には、きゅうに目のまえがひらけ、勇気が出てきます。不幸な人、なやみのある人には、希望とあかるさがわいて」くるのだった。

自分の人生は失敗だった。生きていても意味がない。つまらない人間で、自分がいなくなったとしても、誰かがその代わりをつとめる。自分の死はまるで「こわれたつぼ」のように扱われるに違いない。そう感じていた人であってもモモに自分のおもいを打ち明けているうちにまったく異なる実感に包まれていく。

……しゃべっているうちに、ふしぎなことにじぶんがまちがっていたことがわかってくるのです。いや、おれはおれなんだ、世界じゅうの人間のなかで、おれという人間はひとりしかいない、だからおれはおれなりに、この世のなかでたいせつな者なんだ。

モモがよみがえらせたのは自信であり尊厳である。自信を失っている人を前に言葉を尽くして語るのもよい。そうした行為が何かを伝えることもあるだろうが、話すことでここまでのことはなかなか起こらない。人はつながりがないところでも話し続けられるのである。

いっぽう、聞くことがある深さで実践されるとき、語る者だけでなく、聞く者をすら驚かすような出来事が起こる。

春になれば新しく社会に出ていく人たち、新しい職場、新しい環境で働き始める人たちもいるだろう。そうした人たちにも私は、この一冊のファンタジーを贈りたい。それは新しい場所でどのようにモモを探すかを考えてほしいからではない。人は誰も自分のなかにモモを宿していること、そして、人は必ず誰かのモモになることができることを忘れないために、この本を近くに置いておいてほしいと思うのである。

道元『正法眼蔵』

20 抽象と具象について

一つの言葉を凝視することで、世界はまるで違った姿を現わすことがある。ただ、ある人たちは、一つの言葉が世界の深みへの扉であることを知らない。

「すがた」は、姿とも書くが「象(すがた)」とも書く。今日では「象」の文字が単独で用いられる多くの場合、あの大きな動物を指すばかりになってしまった。だがこの文字に一文字加えるだけで「象」はそのちからを取り戻す。印象、心象、そして形象などがその一例だ。

十九世紀フランスを中心に活躍した画家の一群は印象派と呼ばれた。彼らは目に見えたままの風景ではなく、東洋的な表現でいえば心眼(しんがん)がとらえた光景を描こうとした。

詩人の宮沢賢治は、自分の詩を集めた本を詩集ではなく「心象スケッチ」と名付けた。賢治が描こうとしたのも、誰の目にも明らかな現象ではない。書いてみなければ自分でも把握できない己(おの)れのおもいだった。

形象は、可視的な形を指すと同時に内界に浮かぶイメージを意味する。形象化とは、あるものを媒介にして、形のないものを顕在化させることである。こうした現象は日常生活でもしばしば遭遇する。宝石をちりばめた時計を腕にすることで、「豊かさ」を形象化しようとする人たちを街中で見つけるのはそう難しいことではないからだ。

つまり「象」は、目に見える姿ではなく、不可視な「すがた」に傾斜した一語なのである。

抽象という言葉がある。「抽」とは「引き出す」ことである。抽斗は「ひきだし」と読む。お湯で成分を抽出する、といったりもする。乾燥した薬草をどんなに見つめても成分を目にすることはできない。しかし、水を媒介にすることでそれを取り出すことはできる。「抽」とはそうした試みだ。

これらのことを踏まえて抽象化という言葉を考え直してみる。すると言葉の原義と世に流布する意味との差異に驚かされる。ある人たちは、具体的な事象を曖昧にすることを抽象化という。曖昧なことを口にすると抽象的に話すなと注意されることもある。

抽象化とは、それとはおよそ正反対の営みである。つまり具体的な事象のなかに潜む、本質を抽き出し、さらに言葉の象を与えることにほかならない。

子どもに真剣に語りかける大人の姿を見て、ある人はそこに熱意を感じるかもしれない。だが別な人はそこに愛という「象」を見ることもある。

抽象の対義語を尋ねたら、多くの人は具体と答えるのではないだろうか。誤りではない。だが、具象という言葉もある。哲学の本などでは散見するし、そうした問題を語り合うときには用いるが、日常生活では、ほとんど出会わなくなってしまった。

言葉は、対義語との関係を失うと意味が薄まっていく。醜さを顧みなくなった時代の美は、美と呼べるものであるか疑わしい。悪とは何かを真剣に問うことを止めた時代にはびこる善が、偽善であったとしても驚かない。具象との関係が切れた抽象の意味が希薄になったのも、理由なきことではないのである。

仏教では「不二(ふに)」を説く。美と醜が対立するのは「二」の世界である。正誤、善悪、長短など私たちは比較の世界で生きている。だが、二の世界の奥に不二の境域があるという。

抽象と具象も本来は不二の関係にある。真の意味での抽象が実現されたとき、そのものがもっとも具象的に認識されるからだ。

人間の人格は抽象的存在である。だが、それにふれたとき、その人という具象をはっきりと感じる。

不二とは、二つのものが一つになった世界ではない。それでは「一」の世界になってしまう。「一」の世界は、思わぬことで「二」へと姿を変える。人間関係を考えればすぐに分かる。永遠に一つになることを誓った人々も「二」の世界に戻ることは珍しくない。しかし不二は永遠に「二」になることがない。

仏教は生死（しょうじ）とひと言でいう。生と死のあいだにある「と」を認めない。道元の『正法眼蔵（しょうぼうげんぞう）』の「生死」の章には次のような一節がある。


生より死にうつると心うるは、これあやまりなり。

生から死へ移行する、そう認識するのは誤りである、と道元はいう。

人は生きつつあるだけでなく、生まれたその日から死につつある。それにもかかわらず、ある人はどう生きるかを懸命に考え、ある人はどう死を迎えるかを考える。生死はどこまでも不二である。それがいのちの秘義だと道元は静かに諭(さと)すのである。

ドストエフスキーをめぐって

21 読むことの深み

講演をすると、どんな本を読んだらよいのか、どんな風に読んだらよいのかという質問を数多く受ける。こうした問いには必ず、こう応えるようにしている。問題は、何を読むかよりも先に、「読む」とは何かを考えることなのではないか、と。別ないい方をしてもよい。重要なのは、本の選択や読み方以前に、「読む」という行為に対する態度なのではないか。

「読む」を「聞く」に置き換えてみれば、意味はいっそう明瞭になるかもしれない。誰に、何を尋ねるのかも重要なのだが、それ以前にどう「聞く」のかという態度を定めてみることの方が重要なのである。

聞く人に予備知識がなかったとしても、真摯に問いに向き合っていることが伝われば、応える人も同質の態度で向かう場合は少なくない。物知り顔で、いたずらな好奇心から尋ねてくる人に、人は自分の心の奥にあるものを吐露したりはしないだろう。

人と本では条件が違うではないか、というかもしれない。だが、真剣に読書に向き合ってみると、「読む」とは、それを書いた者との間で沈黙のうちに営まれる、ときに苛烈にさえなる無音の対話であることが分かる。

本を買うことは難しくない。だが、手にしても読めるとは限らない。

はじめてドストエフスキーの作品を手にしたのは、十七歳になる年の夏だった。

一年の予定でアメリカにわたり、ホストファミリーの家に到着し、少し日本語が恋しくなった。そして岩波文庫の中村白葉訳『罪と罰』第一巻を半分ほど読んだとき、「事件」が起こった。これまで見たことも、感じたこともない世界の深淵のようなものを覗(のぞ)き込んだと感じられたのである。

それが単なる恐怖ではなく、畏怖だったことも、今は分かる。だが当時は、恐れという言葉に収まらない行き場のない感情に翻弄されているだけだった。それから数か月間、まったく本が読めなくなった。ページを開くとまた、あの漆黒の無に向き合わねばならないと思うと身がすくむのだった。

再びページを開こうとしたとき、この文庫本の巻頭にある訳者の「解題」に記された文字が目に飛び込んできた。ドストエフスキー伝の作者ストラーホフの『罪と罰』をめぐる言葉である。

大抵の人がこの小説の、人を圧迫するような力や、重苦しい感銘について語り合った。これらの圧迫と重苦しさのためには、健全な神経を持っている人々でさえ打たれて病気のようになるし、弱い神経を持った人間は、それを読むのを余儀なく中止しなければならなかった。

ここでの「神経」は胆力という言葉に置き換えた方がよい。つまり、肚(はら)で感じ、考える経験と能力の不足である。若い私は、読書を知識を得るために行っていた。時間に余裕があれば、どんな本も手にできる。そう信じて疑わなかった。古典と向き合うには、知識の準備ではなく、態度の準備が必要なことに気が付いていなかった。

ドストエフスキーの『カラマーゾフの兄弟』に読書をめぐる凄(すさ)まじい一節がある。グリゴーリイという、何かを学習した経験がほとんどない男と「読む」ことの関係にふれた一節である。あるときから彼は何かに突き動かされるように神の探究を始め、聖なる古典にひとり向きあうのだった。

そこに書いてあることはほとんど何一つわからなかったが、たぶんそれだから
こそこの本をいちばん大切にし、愛読したのにちがいなかった。

（原卓也訳）

ここに記されているのは、この男への讃辞（さんじ）であり、畏敬の念である。グリゴーリイは文章を十分に理解できない。しかし、言葉の奥に潜むもの、人間のちからでは言葉にできない意味のほとばしりを全身で感じている。

読書にまず、必要なのは、効率のよい「方法」ではない。真摯な「態度」である。態度があれば方法が不要なのではない。態度を深めるうちに人は、自分にとって最適な方法をどこかで見出すようになる。しかし、どんなに方法を駆使してもいっこうに態度は定まらない。必要な本と出会うために不可欠なのは豊富な知識ではなく、グリゴーリイの全身から放たれている、静かに燃える青い火のような態度なのであ

る。

一冊の本と深く出会う者は、数百冊を読破しても得られないものをそこに見出す。しかし、読むことの深みを知らないまま、読破を続ける者は、海を前にしていつも遠くから波を見ているだけなのかもしれない。

三木清『構想力の論理』

22 想像力について

想像力は重要である。芸術をはじめとする表現者はもちろん、仕事の現場でも、日常の人間関係においても、この力を欠くことはできない。この力が十分に発揮されなかったために生じる失敗、誤解、すれちがい、不徹底など、問題を挙げればばきりがない。

だが、想像力を鍛えるのは簡単ではない。また、想像力が何であるのか、本質を問うことなく、思い込みでその育成を試みると、成果が出ないばかりか反作用を助長することになる。

講演などで想像力にまつわる話をすると、多くの人がそれを空想力と混同しているのが分かる。想像力が真にはたらくとき、人は、ある種の現実味、真実味を実感する。空想をどこまで広げてもそうした手応えはやってこない。それればかりか迷路に入り込むこともある。空想は広がっていく。想像は深まる。

空想に遊ぶことも人生には必要である。小説を読み、その世界に没入するとき、私たちは登場人物のひとりだと感じる。だが、真に優れた文学は、読者に空想力を喚起させるだけでは終わらない。想像のちからに火をつける。

ミヒャエル・エンデや宮沢賢治の作品を読むとき、私たちは物語空間にいるだけでなく、日常よりも深く、自分の人生とつながっていることに気が付く。空想力が想像力の開花を準備しているのである。

絵画、音楽などの芸術にふれるときにも同質のことが起こる。

仕事人としてもっとも過酷な状況にあったとき、私は、渇いた人間が水を求めるように美術館に駆け込んだ。ほとんどというより、まったく衝動的で、業務時間中だったにもかかわらず、「少し出てくる、今日は戻れないと思う」とだけ同僚に言い残して上野の国立西洋美術館へ行った。

逃げ込んだはずが、待っていた絵画が促したのは逃避することではなく、現実を直視し、受け止めることだった。空想の世界に逃げ込もうと私は思った。しかし美が抗(あらが)いがたい強さで求めてきたのは、想像力をはたらかせ、自分の歩みを見つめ直すことだった。

空想力は、ほとんどの場合、未来へ、あるいは非現実的な方向へ導く。しかし想像力は、必要であれば、その人の過去に立ち返ることを求める。

別ないい方もできる。想像力を経ない過去は、ひたすら後悔するほかない日々となる。だが、想像力によって過去とつながるとき、人は、省察の契機と新しい意味、さらには可能性を見出す。想像力は過去を歴史に変じる。

「人に歴史あり」という言葉もあるが、真に歴史を見出そうとする者は空想ではなく想像のちからをはたらかせなくてはならない。過去は誰にでもある。だが、歴史はそうとは限らない。

空想は思い込みである場合も少なくない。しかし真に想像力が宿るとき、そこでは構想力が動き始める。

想像するとは、ありもしないことを無秩序に想うことではない。むしろ、見えない意味やつながりを認識しながら、事象をより現実的に捉えようとする試みなのである。誤解を恐れずにいえば、構想力なき想像力は、ほとんどの場合、空想の延長に過ぎない。

ただ、ここでいう「現実的」とは、出来事を物的、量的な事象に還元することではない。それではむしろ非現実的になる。

構想力――すなわち想像力――は、見えるもの、見えないものの両面で現実を構想する。私たちは木や石によって家を作るように、意味と価値において内なる住まいを建てることができるのである。質素な家に住みながら、その内面に計り知れないほど豊かな場を耕している人もいる。こうした人間のなかに不可視な広がりを見るのも想像力である。

あの人は、人を見かけで判断しない、というとき私たちは、あの人は想像力が豊かな人だといってもよいのである。

構想力を探究し、自己の哲学の核心に据えようとしたのが、哲学者の三木清である。遺作となった大著『構想力の論理』の「序」で彼は、構想力を探究する動機について「客観的なものと主観的なもの、合理的なものと非合理的なもの、知的なものと感情的なものを如何にして結合し得るかという問題であった」と書いている。

空想はしばしば、非合理的なもの、感情的なものに溺れ、流される。想像は非合理的なものも感情も排斥しないが、それを合理性と知性に結びつけようとする。ここでいう「知性」は学習能力のことではない。経験に裏打ちされた、叡知（えいち）にほかならないのである。

アーレントとモーム

23

好奇心について

好奇心を持つのはよいことである、と教わってきた。事実、世の中は好奇心を刺激するもので満ちている。目を引く、変わった、衝撃的なものによって他者の関心を集めようとする。事実を偽り、捏造(ねつぞう)することすら試みる人たちもいる。

そのいっぽうで好奇心を強く戒める人たちがいる。哲学者のハンナ・アーレントはそのひとりだ。『エルサレムのアイヒマン』や『全体主義の起源』の著者でもある。彼女の仕事は、「悪」はしばしば「陳腐さ（banality）」の衣をまとって世に現れ、それゆえに人の眼をかいくぐり、心の奥深くに巣食（く）うようになることを教えてくれる。

彼女の最初の著作は『アウグスティヌスの愛の概念』と題するものだった。ユダヤ人であるこの哲学者が、キリスト教史上最大の神学者のひとりが説く「愛」の探究に身を賭（と）したことは、注目してよい。この本で彼女は、好奇心は「ただ知ることのみを欲する」ことであり、ラテン語における好奇心は「目の欲」ともつながっていると指摘する。

欲望のままに生きることが、人生をどこへ導くのかを私たちは経験的に知っている。そうした生活を続ければ、遠からず心身が悲鳴をあげるだろう。だが欲望は、そうした自分から発せられる、無音の呻（うめ）きをかき消す力を持ってもいる。好奇心がどこへ誘（いざな）うのか、アーレントはこう書いている。

この「好奇心」は、世界への従属が言わば習慣化した状態を表わすと同時に、他方「自己自身から」分離して生き、自己自身を回避して生きようとする人間的なものに固有の不確かさと虚しさを示すものにほかならない。

（千葉眞訳）

少し難解な文章だが、若い哲学者が何かを賭すように書いたのだから仕方がない。好奇心に導かれたものは、世界と対決するちからを手放し、従属することが習慣になっている。そうした状態は、自分の奥にいる「自己」と分離させ、自己逃避を促す。生きる意味すら、自ら発見しようとするのではなく、誰かから与えられると信じ込むようになる。

先の一節にアーレントはこう続けている。「自己自身の前でのこのような逃避に対して、アウグスティヌスは、『自己探求』se quaerere を対峙させた」

ラテン語のquaerereは、英語のquest、questionの語源である。アーレントの言葉が真実ならば、好奇心は、真の意味における「問い」の誕生を妨げるといえるのかもしれない。

真の問いとは内発的であり、自己の存在、歴史と深くつながりつつ、容易に答えが見つからない人生からの呼びかけである。好奇心だけでは、こうした問いの前に立つことはできない。

好奇心によって動かされたとき、答えは誰かによって隠されているように感じる。そして、人に先んじて見つけ出すことに快感を覚える。それが本質的な意味を宿していなかったとしても、である。好奇心がふれるのはいつも情報である。好奇の目に叡知（えいち）は映らない。叡知は手早くなど入手できないからだ。

イギリスの小説家モームは「知識というものは、努力に努力を重ねるのでなければけっして得られない代物」である、と述べている。

この一節に出会ったのは『世界の十大小説』と題する著作で、そこでモームは、単なる省略と要約の差異にふれている。十大小説のすべてを原典で読むというのはあまり現実的ではない。ただ、それを単に省略したようなものを読んでも意味がない。長編小説のよき要約版をモームは認める。

省略と要約は、大きく質を異にする。省略しようとするとき人は、大きなものから何かを省(はぶ)くことに注力し、大略が分かればよいとする。要約は違う。対峙しているものの「要」が分からなければ要約は始まらない。「約」は、誓約、集約というときのそれである。

世にあふれる情報なら、手間を省いて入手してもよいだろう。だが、モームのいう知識、私たちの人生を根底からささえる叡知へとつながる知識は、省略の道には転がってはいない。

人は、一冊の古典との出会いを数行の文章に要約することもできる。だが、そこには容易に言葉たり得ない真摯な経験が、見えないコトバとして存在している。

比喩ではない。読む者はそれをはっきりと感じ取る。そうでなければ、行間を読むという表現もつまらない喩(たと)えに過ぎなくなるだろう。読むとは、コトバでつむがれた行間を生むことである、といった方が現実に近いのである。

『ゲド戦記』と美智子さまの詩

24

手放すとは

あるときまで、生きるとは何かを得ることだと思っていた。さらに若いときは、誰かに先んじて獲得することに満足を感じようとしていた。今は、生きるとは手放していくことのように感じている。そして、十分に手放すことができない自分を不甲斐ないと思ってもいる。

手放すとは、部屋から物を運び出すというような物理的な行為を意味しない。生活環境を整理することに意味はあり、心にも影響を与えるとは思う。だが、ここでの手放す対象は、目に見える物体ではなく、目に見えないものなのである。

「生きるとは、ひとつひとつ神さまにお返ししていくことだと思う」と私の師である井上洋治は一度ならず、感慨深げに語っていた。師は、老年にさしかかった頃から目を患い、視力が弱まっていった。失明には至らなかったが、雑誌を読むにも大きく複写しなくてはならなかった。彼は、見ること、読むこと、書くことも丁寧に返していったように思う。

このことの重みを痛感したのは師が亡くなってしばらくしてからだった。師と出会って、彼が亡くなるまでには二十余年の歳月があった。その間に多くのことを学んだに違いないのだが、亡くなってから学んだことの方が質、量ともに深く、多いように感じている。より精確にいえば、師の逝去を契機に私は、彼の門を改めてくぐり、学び直している。師の著作に不可視な文字で記されたコトバをようやく読み解き始めている。真の師弟関係が、師が不在となってから始まるのだとしたら、人はそれを準備するために出会い、関係を深めるのかもしれない。

遺品を整理するために師の居室を訪れたとき、私が書いた『イエス伝』が掲載された雑誌誌面のコピーが机の上にあった。最晩年まで師の近くで身の回りの世話をしていた人物から、この連載を師はとても楽しみにしていたと聞いた。あるときこの人が、何か言い残したいことはないかと尋ねると師は、「何かあれば、若松君が書いてくれるだろう」と言ったという。

その言葉を聞いて私は、師から何を学んだのかも明言できない自分を恥じながら、もういっぽうで、人生の厳粛さも感じていた。準備が整っていなくても、人生が強くバトンを突き出すことはあるのである。

現代アメリカを代表する作家のひとり、アーシュラ・K・ル＝グウィンの代表作『ゲド戦記1　影との戦い』（清水真砂子訳）には、師弟における学びの実態を端的に表現した次のような一節がある。

ゲドという名の若き魔法使い見習いの主人公が、のちに師となるオジオンという人物に向かって「師匠、修行はいつになったら始まるだね?」と尋ねる。するとオジオンは「もう始まっておる」と応じる。このすれ違いに耐えられないゲドは思わず次のように口走る。「だけど、おれ、まだなんにも教わってねえ」。するとオジオンはすかさずこう応えるのだった。「それはわしが教えておるものが、まだ、そなたにわからないだけのことよ」

この言葉を初めて読んだとき、戦慄を感じた。私ももう一人の「ゲド」だったからだ。教わっているのが分からないのではなく、何を教わっているのかが分からなかったのである。

師は独創的なキリスト教思想を宿した稀代の思想家だった。そうした彼が若き日から生涯を賭して語ろうとしたのは、手放すことだったように思う。願うままに生きようとするのを手放すこと、師はさまざまな言葉、行為を通じてそれを説き続けた。懸命に生きるだけではなく、生かされているようにも生きよ。今もなお師は、沈黙のうちにそう問い質(ただ)しているように感じる。
あるところで、手放すことを象徴的に描き出した「ほたる」と題する詩に出会った。

指にのせて
空に　さしのべると
ほたるは
長く不在にした故郷(ふるさと)に
帰り急ぐ者のように
速度をもつて
とびたつていく

（『降りつむ』）

六匹ほどのほたるが、ひとつひとつ天空に帰っていく。この詩人は、その後の光景をこう描き出している。

手許の光が消え
二人の子の中に
ほの光るものが
さしはじめる

手の中にあった光るものは消えた。しかし、その内面には、決して消えることのないもう一つの光が灯る。手放すとは、朽ちることのない光を招き入れることだというのだろう。この詩を書いたのは私たちが、上皇后美智子さまと呼ぶ人物である。

リルケと原民喜

25 深秘とは

ある時期、詩人のリルケと親しくした女性が、彼を回想する書物のなかで興味深い言葉を残している。この詩人は、出会う人が人生の岐路にあるとき、どこからともなく現れたというのである。

不思議にもリルケは、生涯の重大な転回点に立っている者のそばに現れることがしばしばでした、たしかにそれは、絶望に特有な切迫したたましいの状態に彼が惹寄(ひきよ)せられるのでした。私が彼に出会ったときも、その通りでした。

（ルー・アルベール・ラザール『リルケと共に』高安國世・野村修訳）

すべての人にリルケのような人物がいるとは限らない。むしろ、現実世界を眺めていると、人が発する危機の香りを敏感に感じ取るのは、邪(よこしま)な感情を抱く者たちではないかと思いたくなるときもある。だが言葉は、リルケのように訪れることがある。人生を深みから照らし出すかもしれない言葉は、必要なときにそっと私たちの傍らにあるのではないだろうか。

いつもそんな言葉に出会えるなら生きることはこんなに苦しくなかった。そういう人たちもいるかもしれない。だが、ここでいう「傍ら」とは、私たちの横ではない。内面を意味する。それはときに、これが私だと感じている自分よりも真実の

「わたし」に近い場所に、いることさえある。

過酷な日々にあるとき、自分を支える言葉に出会うために必要なのは、読むことよりも書くことである。真摯に書くことによって人は、自分の内にあって、自らを照らす言葉に出会う。

時代を問わず、私たちは学校、あるいは社会ですら読書を推奨されてきた。読書が大きく、そして深い人生のよろこびであることはいうまでもない。ただ、それが真のよろこびとなり、人生を支える営みへと変貌するには、書くことによって裏打ちされる必要がある。

裏打ちとは、もともと書画の世界の言葉で、紙に描かれた書画を軸にするとき、もう一枚の紙を裏に貼り、補強することを指す。この素朴な行為がどれほどのはたらきを持つかは、数百年を超えた書画の存在がそれを証ししている。紙を紙で支える。それだけのことで、世代はおろか時代を超えて絵や言葉が残るのである。一枚の紙のまま残された書画が、同じ歳月の風雪に耐えるのはほとんど不可能だといってよい。

同質のことが私たちの内面でも起きる。自分を烈しく動かした言葉、真実の自分を想い出させてくれた言葉に朽ちることのない「いのち」を与えるのは優れた記憶力ではなく、書くという営みなのである。

たとえば、耐え難い悲しみをめぐって自分の言葉で書く。それだけのことで、悲痛でしかなかった悲しみが、姿を変えてくる。悲しみとは、何かを深く愛した証しにほかならず、むかしの人が「愛しみ」「美しみ」と書いても「かなしみ」と読むに至った必然を自分のなかで追体験することになる。

言葉には記号的な意味である「語意」をはるかに超えた意味の深みがある。真言密教を日本に伝えた空海は、それを「深秘」といった。書くとは、語意の深みにある「深秘」とつながろうとする試みにほかならない。

語意は情報の顔をして私たちを訪れる。いたずらな情報に飛びついて痛い思いをしたことは、誰にでもあるだろう。しかし書くとは、深秘であるコトバの訪れに開かれていこうとする営みなのである。

生きることの困難を感じているとき、決まってやってくる幾人かの友がある。私が親しくする友のほとんどはすでにこの世界にはいない。彼、彼女らは言葉を超えたコトバ、意味を超えた深秘となって私の心に寄り添う。

人は希望がなくては生きていけない。どんなに微かであったとしても、希望の光を欠くことはできない。そのありかをめぐって、今日、一つの詩が訪れた。

もつと軽く　もつと静かに、たとへば倦みつかれた心から新しいのぞみのひらかれてくるやうに　何気なく畳のうへに坐り、さしてくる月の光を。

(『原民喜全詩集』)

「倦みつかれた心」とは、前に進む意味を見失った心のことをいうのだろう。しかし、この詩人は真の「のぞみ」は、そうした心にこそ顕現する。だが、それは私たちが思っているよりも「軽く」、そして「静かに」訪れる、というのである。

一九五一年三月十三日、原民喜は亡くなった。彼を愛する人たちは、亡くなった翌年からこの日を「花幻忌」と呼ぶようになり、今日も彼を追悼する催しが行われている。

マイスター・エックハルト

26 もう一つの知性

中世ドイツのキリスト教の神秘家の本を読んでいたら、人は捜しているものを見つける、と記されていた。人は捜しているものを見つける。一見すると何気ない文章なのだが、ここには人生を根底から覆(くつがえ)すような意味が潜んでいた。

「神秘家」という言葉には戸惑う人もいるだろう。神秘家と神秘主義者は同じではない。神秘家は神秘を生きる人で、こうした人に「主義」は必要とされない。むしろ神秘家たちは、真の神秘は言葉では語り得ないことを熟知している。

いっぽう、神秘主義者にとって神秘は、自らの「主義」を語るための手段に過ぎない。神秘主義者だけではない。あらゆる主義者は、主義を語るのに忙しく、それを生きることを軽んじる場合が少なくない。神秘家はまったく異なる道を行く。神秘家は、自分が生きたことだけを語ろうと試みるのである。

その神秘家の本を、初めて読んだのは二十代の始めで、人生で初めての試練を生きているようなときだったから、自分の境遇に引き寄せて理解し、微かな希望を見出していた。

この苦しみを癒してくれるものを探している。そのことだけは疑えない。今すぐには、見つけることはできないかもしれないが、光はきっと見つかる。そう読み替えて、弱っている自分を励ましていた。

二年ほどして私は、漆黒の苦しみから抜け出し、どうにか日常を生きるようにはなっていた。光を見つけたと思ったからなのだろうが、当時は、神秘家の言葉の意味をそれ以上掘り下げようとはしなかった。

三十年ほど経過して、講座でこの人物の著書を取り上げることになり、改めてその言葉にふれた。講座で取り上げたのは、苦難にある自分がちからを得たからであって、参加する人にも、近似した出来事が起きるとよいと願っていたのである。

講座の準備のためにゆっくりとページをめくりつつ、かつて光を見出した言葉を再読したとき、出来事は起こった。再び何かを見出すことができるのではないかという期待感さえ覚えていたのが、現実は違った。強い戦慄のような感覚が全身を貫いたのである。

この人物は確かに、人は捜しているものを見つけるとは語っていた。だが、同時に、無を捜す者は、無を見出す、とも述べていたのである。

若いときは、捜しているものは意味あるものだと思い込んでいた。だが、それからの人生で学んだことは、必ずしもそうとは限らないという事実だった。

人はしばしば、必要ないものを不可欠なものであると思い込み、それを熱心に求めるばかりか、わが身を賭す場合すらある。この神秘家は、捜しているものは何でも手に入るといったのではなかった。人は捜しているものしか目に入らないことがあると警鐘を鳴らしていたのである。こういった方がよいかもしれない。人は、見つけたものによって、真に何を捜しているのかを知る。

先に神秘家と書いたのは、マイスター・エックハルトと呼ばれる人物だった。一二六〇年頃に生まれて、一三二八年に亡くなっている。亡くなったのは日本でいうと鎌倉時代の終わり、後醍醐天皇の治世で南北朝時代へと向かおうとしている頃である。

「マイスター」は師を意味する敬称で、名前はヨハンネス・エックハルトという。だが、彼をそう呼ぶ人は少ない。この人物の場合、尊称がすでに名前のようになっている。

インドの独立運動を率いたガンディーが、「大いなる魂」を意味する「マハトマ」

という尊称を与えられ、モハンダス・K・ガンディーではなく、マハトマ、あるいはマハトマ・ガンディーと呼ばれるのと同じである。

マイスターという呼称が今も生きているのは、この人物の影響が、キリスト教世界をはるかに超えたものであることと無関係ではない。近代日本精神史にも深くその痕跡がある。先駆的なエックハルト論を書いた西谷啓治はもちろん、その師である西田幾多郎、鈴木大拙、柳宗悦、井筒俊彦、そして私の師である井上洋治もエックハルトによって眼を開かれた者のひとりだった。エックハルトは、ある説教で次のように語っている。


知性は周囲をめぐり、そして捜す。知性はあちらこちらと偵察しつかんだり、失ったりする。捜し求めるこの知性の上には、さらにひとつの別な知性がある。この知性はそこではもう捜し求めることもなく、かの光の内に包みこまれた、その純粋で単一な有の内に立つのである。

（『エックハルト説教集』田島照久訳）

かつての私は、苦しみから抜け出すための光を求め、その方向にむかって進もうとしていた。それでもよいだろうが、ここでエックハルトが語っているのは別なことである。

知性の目を閉じて、もう一つの知性、つまり叡知の眼を開くことができれば、向こうにある光ではなく、今ここにある、今までもずっとここにあった永遠の光を見出す。そして、自分がずっと光のなかにあったことを改めて知ることになる、というのである。

今ここにあるものを人は捜すことはできない。それに直面しているからである。生きる意味もそのように存在しているのではないだろうか。私たちの人生に意味がないのではない。直面している試練そのものが意味であることを感じる「さらにひとつの別な知性」のはたらきを、いたずらな知性によって封印しているだけなのではないだろうか。

知性は人生に寄与するとき、もっとも輝くのであって、知ることが生きることの代わりになるとき、人は、自らの立ち位置を見失うだけでなく、生きる意味からも遠ざかることになる。

大きな目標を掲げ、人生の目的を見失ってはならない。多く知るのも悪くはない。だが、何かを知るのは、よく生きるという目的のためだったはずである。

おわりに

ここに収められた作品は、日本経済新聞に二〇二三年四月から二〇二四年三月まで、毎週土曜日の朝刊に「言葉のちから」として連載されたもので、そのおよそ半数はすでに『自分の人生に出会うために必要ないくつかのこと』として、本書と同じく亜紀書房から刊行されている。書籍化に際し加筆、訂正を行い、一篇を新たに書き下ろした。

エッセイという言葉はもともと、フランス語で「試みる」ことを意味するessayerに由来する。確かにエッセイを書くとき、どこかに試みが潜んでいるときの方が、生きた文章になるという実感がある。何を書こうかと考えないのではないが、書いてみると、考えたこととはまったくといってよいほど別なことを書き始める。しかし、その方が筆は自然に進む。

ここでいう「自然」とは、思った通りに事が進むことを意味しない。そのとき中心にあるのは作為であって、自然ではない。エッセイは、どこか自ずからなるものがなければならないらしい。

「おのずから」と「みずから」の差異は、しばしば指摘されることだが、自然であるとは、この二つが一つになるときのことをいうのかもしれない。「おのずから」なるものは、人の思いを超えたところに生じるものだろうが、そうしたものが顕現するには、書く者が「みずから」何かをなそうとする意志が不可欠になる。自然は、意志を宿した者にのみ、はたらきかける、といってもよい。

あるときまで、書くことにおいて工夫を凝らすとは、表現に変化を与えようとすることであると感じていた。だが、そう思っているあいだは、誰かに読んでもらえるような文章を書くことはできなかった。意志がなかったのではない。ただ、「おのずから」なるものの参与が足りなかったのである。書けない時期は十六年にわたった。

画家の東山魁夷(ひがしやまかいい)が自伝的なエッセイ『風景との対話』で、自分の絵が描けなかった時代を振り返って次のように書いている。

自然に心から親しみ、その生命感をつかんでいたはずの私であったのに、制作になると、題材の特異性、構図や色彩や技法の新しい工夫というようなことにとらわれて、もっとも大切なこと、素朴で根元的で、感動的なもの、存在の生命に対する把握の緊張度が欠けていたのではないか。そういうものを、前近代的な考え方であると否定することによって、新しい前進が在ると考えていたのではないか。

もっとも大切なことは、時代の先端を行くことでも、表面的な工夫でもなく、

「素朴で根元的で、感動的なもの、存在の生命に対する把握の緊張度」をめぐる深い認識だというのである。

今日でも、ある人たちは、こうした言葉を精神論に過ぎないと語り、「前近代的な考え方であると否定する」かもしれない。しかし少なくとも「書くこと」においては、魁夷の言葉は、いっそう重みが増すことがあっても軽くなることはない、と私は思う。

こんなことを「おわりに」で書いてみたいと思ったのは、終わってみると一年間の連載を自分の意志だけで乗り切ったとは到底思えないからである。

稀有な機会を与えてくれたのは日本経済新聞社文化部部長の神谷浩司さんだった。連載中もしっかりと言葉を受けとめてくれつつ、必要な指摘を逃すことなく行ってくれた。こうしたとき、編集担当者は、見えざる書き手でもある。神谷さんの伴走でなければ、作品はまったく異なるものになっていたと思う。

新聞連載中、そしてこの本の装画、挿画を描いてくれたのは西淑さんである。これまでも何冊か仕事をともにしてきて、絵によって開かれる意味の世界に驚かされてきた。本書においてもそれは変わらない。

書籍化にあたっては、編集は内藤寛さん、校正は牟田都子さん、装丁はたけなみゆうこさんに担当してもらえた。その仕事には高次な安心感がある。信頼のないところに安心はない。安心があるところにのみ、潜在可能性が開花するというようなことを神谷美恵子が書いているが、新しい本を出すたびに彼女の言葉は本当だと思いを新たにしている。

信頼できる人間と仕事ができている、ということは当たり前なことではない。むしろ、私はその輪の中に居続けたいと必死になっている。人が仕事を選ぶこともあるだろう。だが、仕事が人を選ぶことがある。この厳粛な事実を私は、三十余年の経験のなかで確かめてきたようにも思うからである。

最後に、この本を手にしてくれた読者にも深い謝意を送りたい。言葉はいつも読まれることによって生きたものとなり、意味の花を咲かせる。書き手は土壌に種を植えているに過ぎない。

二〇二四年八月二十八日

若松　英輔

本書は、日本経済新聞に二〇二三年四月一日から二〇二四年三月三十日まで連載された「言葉のちから」より、二十五篇をえらび、書き下ろしを加えて編んだものです。

ブックリスト

本書で取り上げた本の一覧を掲載します。読書の参考になさっていただければ幸いです。

1

失われた物語性を求めて

新美南吉『童話における物語性の喪失』青空文庫

F・モーリアック『小説家と作中人物』川口篤訳、ダヴィッド社

2

老いて増す能力

永瀬清子『海は陸へと』思潮社

3
花について
岡倉覚三（岡倉天心）『茶の本』村岡博訳　岩波文庫

4
読書家・購書家・蔵書家
J・L・ボルヘス『詩という仕事について』鼓直訳　岩波文庫

5
伝統と因習について
池田晶子『残酷人生論』毎日新聞出版

6
話す・書く・聞く
『金子大榮集　下』教学研究所編　東本願寺出版

7
信念について
『小林秀雄全作品26　信ずることと知ること』新潮社
坂村真民『詩集　念ずれば花ひらく』サンマーク出版

8
かなしみとは
鈴木大拙『無心ということ』角川ソフィア文庫

9
良知とは何か
『王陽明全集　第二巻』明徳出版社

10
偶然と運命について
『九鬼周造随筆集』菅野昭正編　岩波文庫

11
人生の問い
C・S・ルイス『悲しみをみつめて　新装版（C・S・ルイス宗教著作集6）』西村徹訳　新教出版社

12
言葉を練磨する
『マラルメ全集　2　ディヴァガシオン』松室三郎・菅野昭正編　筑摩書房

13
本との出会い
『石垣りん詩集　私の前にある鍋とお釜と燃える火と』童話屋
石垣りん『焰に手をかざして』ちくま文庫

14　たった一つの言葉
『須賀敦子全集　第4巻』河出書房新社

15　研究・調査・読書
『井筒俊彦全集　第十巻』慶應義塾大学出版会

16　意志について
『世界の名著43　フィヒテ　シェリング』岩崎武雄責任編集　中公バックス

17　画家の原点
中川一政『随筆　画にもかけない』講談社

18　写生について
島木赤彦『歌道小見』岩波文庫

19　創造的に聞く
ミヒャエル・エンデ『モモ』大島かおり訳　岩波少年文庫

20　抽象と具象について

道元『正法眼蔵』全四巻　水野弥穂子校注　岩波文庫

21 読むことの深み
ドストエフスキー『カラマーゾフの兄弟』上中下巻　原卓也訳　新潮文庫

22 想像力について
三木清『構想力の論理』全二冊　岩波文庫

23 好奇心について
ハンナ・アーレント『アウグスティヌスの愛の概念　新装版』千葉眞訳　みすず書房

24 手放すとは
アーシュラ・K・ル＝グウィン『ゲド戦記1　影との戦い』清水真砂子訳　岩波少年文庫
『降りつむ　皇后陛下美智子さまの英訳とご朗読』宮内庁侍従職監修　毎日新聞出版編　毎日新聞出版

25　深秘とは

ルー・アルベール・ラザール『リルケと共に』高安國世・野村修訳　新潮社

『原民喜全詩集』岩波文庫

26　もう一つの知性

『エックハルト説教集』田島照久編訳　岩波文庫

おわりに

東山魁夷『風景との対話』新潮選書

若松英輔（わかまつ・えいすけ）

一九六八年新潟県生まれ。批評家、随筆家。慶應義塾大学文学部仏文科卒業。二〇〇七年「越知保夫とその時代 求道の文学」にて第十四回三田文学新人賞評論部門当選、二〇一六年『叡知の詩学 小林秀雄と井筒俊彦』（慶應義塾大学出版会）にて第二回西脇順三郎学術賞受賞、二〇一八年『詩集 見えない涙』（亜紀書房）にて第三十三回詩歌文学館賞詩部門受賞、『小林秀雄 美しい花』（文藝春秋）にて第十六回角川財団学芸賞、二〇一九年に第十六回蓮如賞受賞。

近著に、『自分の人生に出会うために必要ないくつかのこと』（亜紀書房）、『霧の彼方 須賀敦子』（集英社）、『光であることば』（小学館）、『藍色の福音』（講談社）、『読み終わらない本』（KADOKAWA）など。

探していたのはどこにでもある小さな一つの言葉だった

二〇二四年十月五日　初版第一刷発行

著者　若松英輔
画　西淑
発行者　株式会社亜紀書房
郵便番号　一〇一－〇〇五一
東京都千代田区神田神保町一－三二
電話　〇三－五二八〇－〇二六一
振替　00100-9-144037
https://www.akishobo.com

装丁　たけなみゆうこ（コトモモ社）
印刷・製本　株式会社トライ
https://www.try-sky.com

Printed in Japan　ISBN978-4-7505-1857-2　C0095